Anne Lauvergeon est diplômée de l'École normale supérieure et de l'École des Mines. Elle a été la conseillère de François Mitterrand pendant son second septennat et la présidente d'Areva.

DU MÊME AUTEUR

Sur les traces des dirigeants
La vie du chef dans les grandes entreprises
*(avec Jean-Luc Delpeuch)*
*Calmann-Lévy, 1988*

La Troisième Révolution énergétique
*(avec Michel-H. Jamard)*
*Plon, 2008*

Les 100 mots du nucléaire
*(avec Bertrand Barré)*
*PUF, « Que sais-je ? », n° 3849, 2009*

Anne Lauvergeon

# LA FEMME QUI RÉSISTE

*Plon*

TEXTE INTÉGRAL

ISBN 978-2-7578-3228-8
(ISBN 978-2-259-21863-4, 1re publication)

*À Olivier, Agathe et Armand.*
*Aux collaborateurs d'Areva.*
*À Françoise et Daniel Larribe*
*et à leurs compagnons de Vinci.*

# Prologue

## Jamais le dimanche !

*La souplesse, la bassesse, l'air admirant, dépendant, rampant [...] étaient les uniques voies de lui plaire.*

SAINT-SIMON,
*Mémoires* (À propos du roi).

Une belle fin d'après-midi de juin. Ces heures où la lumière est douce, presque caressante. Il est 18 h 30. J'ai appris le matin même que le Premier ministre, François Fillon, souhaitait me voir. Est-ce cette légèreté qui flotte alors dans l'atmosphère et qui entoure les objets et les corps ? Je me rends sereinement à cette convocation. Pourtant, les jours qui se sont succédé jusqu'à cette date sont marqués par une attente pesante. Mon mandat à la tête d'Areva se termine le 30 juin 2011. Aucune décision n'a été prise. Baroque. Nous sommes à deux semaines de la date fatidique et, contrairement à la communication faite au Conseil des ministres du 3 août 2010, qui prévoit que les présidents de grands groupes en fin de deuxième mandat seront informés longtemps à l'avance de leur sort, on me confine dans le plus épais brouillard.

Ma voiture se présente devant une des maisons adjacentes de Matignon, rue Vaneau. Une des fameuses entrées pour visiteurs du soir qui ont nourri jadis tant de fantasmes, au temps où la politique économique de la France s'écrivait encore dans ces murs. Je n'y vois aucun signe et j'évite de me livrer à des interprétations hâtives. Je passe par le parc et tout en faisant crisser le gravier, je me rappelle que François Fillon m'a toujours soutenue depuis son entrée en fonction. Sans doute veut-il m'entretenir de cette situation si particulière qui me pousse ainsi que toutes les équipes d'Areva à un numéro de funambulisme alors que le débat fait rage sur le devenir du nucléaire.

Le colonel qui commande la place militaire m'accueille en bas des marches. Et là, la compréhension est immédiate. L'homme est tellement gentil, tellement sympathique, tellement prévenant que je n'ai pas de doute quant à l'issue de l'entretien : « Ça y est, je vais être exécutée. » J'attends avec lui en devisant aimablement quelques minutes au premier étage. François Fillon a le souci de la ponctualité qu'il parvient à sauvegarder comme une forme de coquetterie un peu surannée. Mais il se trouve que ce jour-là il doit défaire une pelote que Nicolas Sarkozy s'est employé – en partie par plaisir, en partie par prétérition – à emmêler.

Depuis le dernier sommet du G8 qui lui a apporté son soutien, Christine Lagarde visite les pays émergents pour les convaincre de la légitimité de sa candidature à la tête du Fonds monétaire international. La ministre de l'Économie et des Finances ne doit quitter Bercy qu'à la fin du mois, mais déjà la bataille fait rage pour sa succession. Le président de la République s'est amusé à aiguiser les appétits entre Bruno Le Maire, François Baroin et Valérie Pécresse, qui s'étaient autrefois juré entraide et fidélité. Trois noms, trois tempéraments, trois ambitions liés autrefois à la Chiraquie. Il n'y a pas de génération Sarkozy.

Il appartient désormais à François Fillon de calmer les ardeurs soigneusement entretenues et de faire connaître le choix de l'Élysée : ce sera François Baroin.

Avant que ne commence mon rendez-vous, j'ai donc la surprise de voir Valérie Pécresse sortir furieuse du bureau du Premier ministre. Après un léger mouvement de recul dû à ma présence dans ces lieux, elle me fait une bise sèche et lance, tremblante : « Décidément, ce n'est pas notre jour, aujourd'hui ! » Puis tourne les talons. François Fillon me regarde gêné.

J'entre dans le bureau du Premier ministre. Pour ces tête-à-tête, ce dernier affectionne que les interlocuteurs s'installent près de la cheminée dans deux grands fauteuils Art déco aux larges accoudoirs. C'est dans ce cadre que nos entretiens se sont toujours déroulés. Je garde le souvenir de nombreuses discussions posées, constructives, sur l'industrie du nucléaire et, plus largement, sur la question de l'énergie en France. Même si le Premier ministre a tout à fait conscience – avec un zest de fatalisme – d'être rarement au cœur du processus de décision qui se situe dans d'autres sphères d'influence, à commencer par celle entourant comme un cocon duveteux les amis du Fouquet's, si chers au chef de l'État.

Et là, d'entrée de jeu, comme si cela lui pesait et comme s'il voulait être tout de suite débarrassé de la nouvelle, il m'informe que je ne serai pas reconduite pour un troisième mandat et me livre en même temps le nom de mon successeur, Luc Oursel. Le tout est enrobé dans du papier brillant comme les mauvais bonbons : « Bien entendu, Anne, nous allons faire tout ce qu'il faut. Bien sûr, vous ne devez avoir aucun problème. Bien naturellement, tout doit se passer sereinement… » Le ton est las et courtois. Je lui dis brièvement qu'il commet une erreur de stratégie et de casting. Je sais qu'il le sait.

Il est clair que le Premier ministre est très ennuyé du mauvais rôle qu'on lui fait tenir. Il ne nous échappe pas que le président de la République fait preuve d'un certain sadisme en le chargeant de jouer le messager, mais sans la poésie du film de Losey. Quel mets de choix s'il peut en plus enfoncer un coin entre le Premier ministre et moi.

François Fillon a toujours été dans ce dossier plus régalien et soucieux des intérêts de l'État que Nicolas Sarkozy. Tout comme Christine Lagarde, il m'a appuyée jusqu'au moment où la pression venant de l'Élysée a été trop forte.

Mais notre relation va plus loin. Elle est surtout plus ancienne puisque nous entretenons de bons rapports de voisinage. Nous avons tous deux une maison située au bord de la Sarthe. Nous sommes des « républicains des deux rives », aurait dit avec son rire tonitruant Philippe Séguin qui fut le véritable mentor de François Fillon.

La conversation se poursuit avec une parfaite aménité. Je me surprends à être calme dans cette situation. Peut-être une forme de dédoublement ou de distanciation. Toujours est-il que, en sortant de Matignon ma tête sous le bras, je constate avec plaisir qu'il fait toujours aussi beau. Je ne sais pas encore que le communiqué de presse informant de mon exécution est sorti durant l'entretien. Cette inélégance est le signe supplémentaire que l'Élysée est directement à la manœuvre. Nicolas Sarkozy ne pratique pas la clémence d'Auguste. À tous les coups, son pouce se tourne vers le sol pour achever l'adversaire.

Et cependant, j'estime avoir été bien traitée. Le directeur de la Caisse des dépôts et consignations, Augustin de Romanet, a appris par le sms d'un député UMP invité à l'Élysée qu'il ne serait pas renouvelé et qu'il ne ferait même pas son propre intérim jusqu'à l'élection présidentielle. Plusieurs jours après avoir pris connaissance de ce message, il attendait toujours un signe venant de l'Élysée ou de Matignon.

Je rentre chez moi et j'apprends tout de suite à mon mari que, Areva c'est fini.

Avant même d'avoir pu prévenir mes enfants, le téléphone commence à sonner. Il va sonner ainsi toute la soirée et les jours qui vont suivre…

Je suis frappée par la manière dont certaines personnes peuvent vous couvrir de leur sollicitude. C'est un sentiment très complexe. D'abord, ces amis ou connaissances s'attendent à ce que vous les remerciiez pour l'empathie dont ils font preuve, même s'ils la vivent sincèrement. Ensuite, je note qu'ils vous regardent, vous jaugent et vous évaluent un peu comme sur le marché. Ils se demandent si la bête est blessée et si elle peut encore tenir debout. Ce n'est pas qu'ils soient tentés d'acheter à la baisse, non. Il s'agit juste d'une curiosité un peu voyeuse. Mais, après tout, celle-ci s'apparente aussi à la vaste comédie sociale.

Tout autre est la réaction du personnel d'Areva. Et c'est, à mes yeux, le plus important. Je l'écris sans détour : j'ai passé deux semaines dans un maelström émotionnel étonnant. Je n'ai rien changé à mon emploi du temps. J'ai fait exactement ce que je devais faire au quotidien. Des travaux et des jours. Il était prévu que je me rende dans le Sud-Est pour visiter quelques-unes des usines Areva, et là, comme ailleurs, l'accueil des salariés – des cadres et des ouvriers – m'a littéralement bouleversée. Je ne sais pas comment j'ai fait pour ne pas pleurer. Dès qu'une larme pointait, je la refoulais aussitôt de crainte d'éclater en sanglots. Je me suis dit durant cette période : j'ai travaillé douze ans de ma vie dans cette industrie – deux ans chez Cogema, dix ans chez Areva – et je ne me suis pas abusée sur la force des liens que nous avons créés ensemble. Quand vous êtes le patron d'un grand groupe industriel, vous avez du mal à évaluer ce que les salariés pensent de vous. Il faut attendre que vous ne soyez plus rien pour en prendre toute la mesure. J'ai été couverte de cadeaux. Et ceux qui m'ont le plus touchée n'étaient pas toujours les plus spectaculaires. Je les ai tous gardés : un ours en peluche, une bague, des bracelets, des livres, des CD… Et les fleurs ! Il en venait de partout. Il y en avait tellement que, à un moment donné, la maison ressemblait presque à un columbarium. J'aurais dû dire : « Ni fleurs ni couronnes. »

J'ai reçu des milliers de mails auxquels je me suis promis de répondre. Une résolution qui s'est évanouie cet été-là, après avoir répondu aux cinquante premiers messages…

Les syndicats qui s'étaient fortement mobilisés les derniers mois pour ma reconduction n'ont pas été en reste. Devant une centaine de collègues, un délégué de la CGT a lancé un beau compliment : « Je ne pensais jamais avoir à parler ainsi d'un patron. Mais je vous apprécie. Mieux, je vous aime… »

Même s'il faut refuser l'inéluctable et continuer la partie jusqu'au bout quand vous avez en charge une communauté d'hommes et de femmes, j'avais mis dans un coin de ma tête l'éventualité de mon éviction, surtout depuis le voyage en Inde avec Nicolas Sarkozy, en décembre 2010, à l'occasion de la signature de l'accord-cadre pour la construction de deux réacteurs EPR. Sans prendre la peine de masquer ce qu'il pensait alors, le chef de l'État exaspéré m'avait battu froid durant le voyage, esquissant même une grimace au moment où je signais devant lui le fameux contrat. Au passage, sa réaction a été fort différente à l'annonce du contrat potentiel pour les 216 avions Rafale qui doivent être vendus au gouvernement indien. Glissons…

Le soir de mon entretien de « non-renouvellement » avec François Fillon, je reçois un coup de fil guindé du secrétaire général de l'Élysée, Xavier Musca : « Je comprends votre déception. Le Président souhaiterait vous recevoir. Il voudrait vous voir dimanche. »

Je lui explique aimablement qu'il n'a pas trouvé le temps de me recevoir ces derniers mois en dépit de mes demandes répétées ; que maintenant que la décision est prise et portée sur la place publique, je m'interroge sur l'utilité de ce rendez-vous et que, surtout, surtout, il n'est pas question que je me rende à l'Élysée ce dimanche car, pour l'heure, je compte bien me consacrer à ma famille. « Pas question que ce soit le dimanche. Je ne suis pas à disposition et si le Président souhaite me voir, il le pourra les jours ouvrables… »

Étonné de ce quasi-crime de lèse-majesté, Xavier Musca bredouille un peu : « Mais certainement, certainement. Pourquoi pas lundi ? »

Au terme de cette journée un peu particulière, j'éprouve de la déception, sûrement ; de l'agacement après cet appel, certainement, mais je n'ai aucune colère. D'ailleurs, en écrivant ces lignes, les images qui me viennent en mémoire sont plutôt liées à la douceur de cette fin d'après-midi. En revanche, je n'avais aucune envie de me laisser aller à cet esprit de cour qui a parasité les relations publiques depuis bientôt cinq ans.

Ai-je la nuque raide ? Je ne crois pas. Je pense plutôt que je n'ai pas l'échine assez souple. Très tôt, je me suis fait une certaine idée non pas de moi-même, mais de la manière de mettre en conformité ma parole et mes actes. Je garde en tête cette phrase de Bernanos qu'il écrivit dans *Les Grands Cimetières sous la lune*, livre de lucidité et de courage qui lui valut tant d'inimitiés : « Qu'importe ma vie ! Je veux seulement qu'elle reste jusqu'au bout fidèle à l'enfant que je fus. »

# 1

# Le goût de l'enfance

*Il y a d'admirables possibilités dans chaque être. Persuade-toi de ta force et de ta jeunesse. Sache te redire sans cesse : « Il ne tient qu'à moi. »*

André GIDE,
*Les Nouvelles nourritures.*

Je suis restée très proche de l'enfant que j'étais. Je peux même écrire sans prendre le risque de me dédire que j'ai gardé en moi une part de cet âge. Sans doute parce que j'ai eu la chance d'avoir une enfance heureuse et à bien des égards insouciante. Des hommes et des femmes décrivent cette période comme un trou noir qu'il faut refermer avec un grand couvercle pour ne pas laisser s'échapper les mauvais souvenirs. Ce n'est pas mon cas. Mon enfance n'a pas été le synonyme d'un univers limité mais, bien au contraire, le monde de tous les possibles futurs. Voilà sans doute pourquoi il me suffit, aujourd'hui, de gratter un peu la mince feuille grisâtre du temps pour faire apparaître toutes ses couleurs à la surface.

Pour être sincère, je n'ai pas toujours été une petite fille modèle. Aînée d'une fratrie de trois enfants, j'ai eu très tôt un caractère que je qualifierais de trempé. J'étais très sage mais il m'arrivait parfois de piquer de grosses colères qui sont entrées dans la légende familiale. Des colères non pas contre mes proches, mais contre moi-même ou contre une situation qui me laissait penser que j'étais enfermée ou piégée. Si ce souci subsiste encore, l'emportement, lui, a totalement disparu. J'ai épuisé tout mon stock de colères avant mes cinq ans.

Il me reste des images fortes comme cette entrée en sixième où j'avance cartable sur le dos et boule au ventre, en me disant : « Anne, ils vont essayer de te changer mais tu dois rester la même. »

Au grand jeu du « Je me souviens » initié par Georges Perec puis revisité par Annie Ernaux, je me rappelle que j'admirais, et enviais, le monde des adultes tout en portant une grande attention à ce qui risquait de me faire changer, de m'entraîner sur des chemins où je ne désirais pas aller. Je ne me souviens pas avoir jamais vraiment joué à la poupée.

Je sus lire tôt et je n'ai jamais cessé de le faire. J'ai parfois l'impression que j'ai dévoré les livres avant même de savoir mâcher les mots. J'aime lire. Passionnément. J'ai lu Balzac et Zola très jeune. Trop jeune ? Je ne pense pas. Je me persuadais que je devais lire l'ensemble de *La Comédie humaine*, des Rougon-Macquart, de Flaubert, de Tolstoï. Je me suis longtemps sentie immortelle et, dans le même mouvement, j'avais le sentiment que peu de temps m'était accordé pour accéder à l'essentiel. Il fallait donc que j'explore les bibliothèques : la bibliothèque de La Source m'a vue semaine après semaine. Je lisais tout d'un auteur. Je peinais dans les ambiances crépusculaires ou égocentriques, préférant la littérature bien vivante qui pouvait donner les clés de l'existence.

Ma première rencontre avec la mort est liée au décès de ma grand-mère à soixante ans, une femme dont j'étais très proche et que j'adorais. J'ai eu un immense chagrin qui ne s'est jamais éteint.

Étais-je croyante ? Je l'étais sans mysticisme, sans excès. Il est vrai que j'ai été élevée en stéréophonie. Mon père vient d'une famille nivernaise, de gauche, très modeste. Son arrière-grand-père était tailleur de pierre et son père menuisier. Mon père est un historien qui enseignait en khâgne, dans les classes préparatoires. Épris de rationalité, il s'est tourné vers la géographie humaine et la géographie physique. Combien il nous impressionnait par son savoir ! Il n'en jouait pas. À une question posée, souvent il répondait par un : « Mais enfin, tout le monde le sait… » Profondément modeste, surdoué tranquille, laïc, il s'amusait à expliquer parfois les contradictions du dogme chrétien.

Ma mère, assistante sociale, vient d'une famille catholique, traditionnelle et aisée. Elle m'a entourée d'amour. Sensible et énergique, elle m'a aussi ouvert les yeux sur la misère du monde grâce à son sens exceptionnel des autres.

Elle avait convaincu mon père de nous envoyer au catéchisme mais, au retour, nous avions parfois un solide debriefing paternel. Quand je fis ma première communion, je répondis à une question au déjeuner que je voulais être professeur à la Sorbonne… ou religieuse, si je n'y parvenais pas. Succès d'estime autour de la table…

Beaucoup de sujets suivent le même mode de traitement. Tantôt l'une, tantôt l'autre voix s'efforçait de faire connaître son opinion. Et cela, sans drame, sans animosité, sans enjeu puisque l'affirmation des positions des uns et des autres se construisait dans le respect de l'interlocuteur. J'ai appris très tôt que le débat n'est pas l'affrontement et que, du coup, la confrontation entre deux esprits ne provoque pas l'immobilisme mais bien une dynamique qui nous pousse sans cesse à « frotter et limer notre cervelle contre celle d'autrui », pour reprendre la phrase de Montaigne. Plus près de nous, des philosophes mais aussi des hommes et des femmes d'action ont rappelé maintes fois cette évidence : discuter, c'est assumer le risque de penser autrement après qu'avant.

J'ai rencontré de nombreuses fois dans ma vie non pas la passion de débattre, mais la volonté d'en découdre, de diaboliser l'autre. D'où, sans doute, le paradoxe dont nous souffrons tant : la certitude de penser tous de manière autonome et, dans les faits, la résignation de penser tous sur le même modèle. Or, on ne fait pas de symphonie avec une seule note. Oui, mes parents m'ont appris le doute. Donner du marteau contre les idées pour entendre le son qu'elles rendent. En un mot : le doute. Pas le ricanement ou le désenchantement, mais le scepticisme cartésien qui affranchit jusqu'à douter de son propre doute.

J'ai voulu être une bonne élève avant même d'avoir passé le seuil d'une école. Le début de ma scolarité est cependant marqué par deux incidents mineurs, mais que j'ai gardés en mémoire. Pour éviter les pleurs collectifs des premiers jours de la classe maternelle, mes parents ont attendu la fin de la semaine pour ma rentrée. En franchissant la porte de la salle de classe, je réalise que toutes les tables sont occupées. Pas une place de libre. Dépitée, j'en déduis que cette école n'est pas pour moi et je fais résolument le chemin inverse. J'ai ainsi gagné un trimestre.

Le second se déroule quelque temps plus tard, alors que la maîtresse nous présente des livres pour enfants. Or, j'ai appris à lire toute seule. Je survole les images et commence à déchiffrer sans peine le texte qui est devant mes yeux. Stupeur de la maîtresse et de ceux qui m'entourent. Le lendemain matin, mes parents sont convoqués par la directrice qui les sermonne : « Vous ne devriez pas pousser ainsi votre enfant ! »

Je me souviens du grand air, des ciels changeants (j'ai toujours les yeux levés en l'air, ce qui provoque de belles écorchures aux genoux), des fins d'après-midi où nous nous retrouvons pour jouer dehors à la marelle, au volant ou au ballon.

Certains dimanches, nous suivons mes grands-parents et notre mère à la messe, à Fontainebleau, pendant que mon père va saluer les carpes du château. En sortant de l'église, je meurs de faim et j'accompagne ma grand-mère maternelle Marie dans une boulangerie aux effluves extraordinaires. Elle me pose la question qui me met sur des charbons ardents : « Anne, est-ce que tu veux quelque chose ? » Je veux lui dire « oui » et j'ouvre les yeux en grand, le plus grand possible, dans l'espoir qu'elle y lise ma réponse muette, mais elle n'a jamais insisté. J'ai été élevée selon le principe qu'on ne dit « oui » que la seconde fois. Et je n'avais jamais de deuxième demande, à mon grand désespoir ! La vie m'a appris à être un peu plus directe ; des principes qui apparaissent bien désuets à mes propres enfants.

Je me souviens aussi de ma grand-mère paternelle Alice qui est une formidable cuisinière. Elle m'a enseigné la gourmandise. Elle a aussi le don de transformer un bout de tissu en robe, en tailleur, en étole. Elle me dit : « Et si on faisait une petite merveille cet après-midi ?! » Et elle se met au travail. À sept ans, j'ai un tailleur à la Jackie Kennedy dont je suis très fière. J'ai gardé certains de ces vêtements. J'ai un kilt que j'ai réussi à adapter et qu'il m'arrive encore d'essayer.

Je me souviens de la grande ferme de mon parrain et de ma tante en Brie. Les soirs d'été, en vélo, nous revenons avec des bidons de lait en aluminium qui tintent quand on essaie de les regrouper. Et je n'oublie pas l'épicerie du village où, avec mes cousines, nous faisons des razzias dans les bocaux de confiseries.

La télévision est arrivée en 1968 et s'apparente plutôt à un accessoire de décoration. En ce qui concerne les enfants, elle est allumée peu avant 20 heures pour « Bonne nuit les petits » et – récompense suprême – pour nous permettre de voir l'émission « La Piste aux étoiles ».

Mes deux frères et moi grandissons, unis et différents. Sans eux, je ne serais pas ce que je suis. Mes parents ont photographié chacun d'entre nous dans sa tenue préférée. Mon frère cadet Christophe est en banquier (ce qu'il est aujourd'hui). Mon jeune frère Antoine est en cow-boy (il conçoit maintenant des systèmes d'information) et moi en danseuse classique, ma passion jusqu'à mes quinze ans. Pendant les vacances, nous allons à la découverte de la France sur un rythme intensif (châteaux, musées, églises, paysages) puis, après mes quatorze ans, de l'Europe. Je me souviens de deux cadeaux de Noël. Le premier est un poste de radio que j'allais souvent écouter. Parfois même secrètement. C'est une présence amicale. Je fais mes versions latines en écoutant Europe 1, France Inter ou France Culture. L'intérêt que j'ai pour la politique a grandi avec ce poste.

Le second est mon premier animal, un hamster que j'appelle Pénélope. Un rongeur acharné ! Et mon premier vrai contact avec le monde animal.

Je me souviens du jour où je quitte l'école des filles pour entrer au CM2 dans une école mixte. Mixte parce que garçons et filles se côtoient mais aussi socialement mixte puisque l'établissement est situé dans ce qu'on appellerait aujourd'hui un quartier en difficulté. Cette double expérience de la mixité m'a marquée : j'ai ressenti immédiatement cela comme une chance, une ouverture à des mondes et des univers différents. J'avais neuf ans et, au bout de quelques semaines, ma meilleure amie, Sylvie, était une jeune fille de quinze ans qui me parlait de ses aventures sentimentales en dégustant des petits sachets de sucre vanillé. Certains se moquaient de moi car je parlais trop bien. Je m'en plaignis à mon père. Cela le mit en joie. J'allais aussi devoir apprendre la langue de ma nouvelle tribu quand, en sortant du collège, un grand garçon aux cheveux longs s'est planté devant moi et m'a demandé : « T'as pas une clope ? » Un mot totalement inconnu.

À l'école primaire, je fais des étincelles. Je découvre au collège que ce n'est pas très agréable d'être considérée comme la grosse tête de la classe. Cela n'aide guère à être populaire. Or, cela est important pour moi. Donc je me mets en roue libre et laisse un peu vagabonder mon esprit jusqu'à la première. Là, je comprends que je dois quand même faire un effort car je fais la connaissance des mauvaises notes. Je vis très mal l'échec, cela me réveille même parfois la nuit. Mais c'est de mon père que vient le déclic. Devant mes mauvais résultats en physique, il me lance le jour du bulletin trimestriel : « Finalement, tu n'es pas vraiment une scientifique… » Cette réflexion faite en passant sur le simple ton de la constatation (je le vois encore disant cela derrière son bureau trente ans plus tard) est plus efficace que toutes les admonestations ou remontrances lancinantes qu'affectionnent beaucoup de parents.

Je ne réponds rien. Je vais lui montrer qu'il a tout faux.

J'ai un an d'avance, mes parents ne me poussent pas vers des études littéraires qui spontanément m'attirent… J'entre ainsi en classe préparatoire Maths Sup C au lycée Lakanal, à Sceaux. Dans cet établissement très Troisième République (le lycée de l'élève Péguy !), entouré d'un vaste parc, je découvre à ma grande surprise que j'adore la physique (j'ai eu 8/20 au bac), grâce à un professeur formidable – Lucien Bourdelet – qui m'ouvre les portes de la thermodynamique et de l'électricité. Et là, je m'enthousiasme aussi bien pour la science de l'équilibre des grands systèmes que pour le principe de Carnot ou les réseaux électriques. C'est la perspective de faire l'apprentissage d'une pensée rigoureuse, et en même temps d'ouvrir son esprit à des éléments plus vastes.

Un jour, je rencontre, au détour d'un couloir du lycée, un académicien trottinant. C'est Maurice Genevoix, venu pour revisiter ses jeunes années de khâgne. Voilà pour l'image d'Épinal.

La vérité est nettement plus terre à terre. Dire que l'ambiance est monacale ou janséniste serait assez proche de la réalité. Une forme moderne du bagne, où le travail est le premier combustible. La réussite aux concours au bout de deux ans est un mirage que l'on pense inatteignable.

Un soir de novembre, à Orléans (je regagne la maison familiale chaque samedi en fin d'après-midi et je repars à Paris le dimanche soir). Il fait froid et c'est déjà la nuit. Mon père doit me conduire à la gare des Aubrais en voiture et je me vois franchissant le petit chemin qui passe entre la haie de troènes autour de la maison et, là, les larmes me montent aux yeux en pensant : « Je ne veux pas continuer, j'en ai assez. » Je marche au ralenti vers la voiture, mon père m'attend derrière le volant. Un pas, je me laisse aller. Un pas, je tiens. Un pas, je laisse tout tomber. Un pas, je me redresse. Je franchis les quinze mètres sur un fil et je monte dans la voiture. Et voilà, c'est fini. Le moment est passé. Je n'ai pas craqué. Si j'avais tout déballé à mes parents, si je leur avais confié mon désir d'en finir avec cette discipline de fer auto-infligée, je sais qu'ils m'auraient laissée libre de mon choix.

Ce côté pile ou face m'a toujours fascinée. Comment une vie peut basculer ou non sous la pression d'un événement, d'un moment, qui paraît dérisoire, et opter en quelques secondes pour une direction ou pour une autre. On fait ainsi l'apprentissage de sa propre liberté.

Je me souviens avoir pleuré le matin de mes dix-huit ans. C'est l'été entre la Sup et la Spé. Je lis toute l'œuvre de Scott Fitzgerald. Le choc. Pas pour son *Gatsby le Magnifique* qui n'est pas le livre fitzgéraldien que je préfère, même si j'ai appréciée récemment une nouvelle traduction de ce roman. Pas pour le personnage de Fitzgerald. L'écrivain Margaret Atwood a dit à ce propos : « S'intéresser à un écrivain parce qu'on aime les livres, c'est comme s'intéresser aux canards parce qu'on aime le foie gras. » J'aime cette humeur légère et brillante teintée de mélancolie que l'on trouve dans ses livres. Ma vie apparaît à côté tellement terne. Les « flappers » de ses romans, ces héroïnes qui ont la coupe Louise Brooks, ont toutes mon âge. J'ai le sentiment de m'être laissé piéger par quelque chose qui n'est pas fait pour moi et que le temps perdu ne se rattrapera jamais.

Dans mon esprit, lire n'est jamais se mettre à l'écart des autres.

D'abord, parce que le livre est un passeur de main en main, de génération en génération. Ensuite, parce qu'il nous préserve de l'agitation du monde et de ses sollicitations multiples, bruyantes et répétées, qui n'ont souvent pour vocation que de préparer du « temps de cerveau humain disponible », pour reprendre l'expression provocatrice d'un des pontes de la télévision.

Le livre développe l'attention. L'attention à soi et l'attention aux autres. Depuis cet âge, quand j'entends « livre », j'entends aussi « libre ».

Vient le jour des résultats après des concours passés à la file, des oraux impressionnants. Je me souviens des affiches dans le hall de la rue d'Ulm, il n'y a pas Internet à l'époque. Je regarde les tableaux et je ne m'y vois pas. Je sors, je me retrouve à arpenter le trottoir en long et en large, n'arrivant pas à quitter les lieux, et je me dis : « Anne, te rends-tu compte de ce que tu es en train de te dire à toi-même ? Je sais que je l'ai. » Je retourne dans le hall, je reprends les listes, je les épluche, et là… je vois bien mon nom. Je sors tout étourdie et, pour la première fois de ma vie, je m'évanouis presque et reste assise, sonnée sur les marches.

Intégrer Normale Sup ! Je m'imagine rencontrer des génies dans toutes les salles et à tous les étages. Je traque dans les couloirs les fantômes de Sartre et de Nizan… Quand j'entre rue d'Ulm, j'éprouve deux sentiments qui se mêlent et se chevauchent. La crainte, sinon la certitude, de ne pas être à la hauteur, que l'on se rende compte que « je n'ai rien à faire ici ». Le bonheur de rencontrer des intellectuels et des scientifiques exceptionnels.

Je dois à cette entrée dans ce temple du mérite républicain des années de belle et franche liberté. Je suis payée (1 000 euros d'aujourd'hui). Les ailes de la liberté poussent. J'enchaîne licences et maîtrises (physique, chimie, biochimie)… Je passe aussi une partie de mon temps à traîner et à m'amuser ! Une fois les polycopiés avalés, nous nous retrouvons en groupe pour sortir, hanter les cafés et les salles d'art et d'essai. Combien d'après-midi passés à l'Action Christine pour voir des films en noir et blanc des années 1940 ou 1950 ! Le Select, un cinéma d'Orléans tapissé de velours bleu ciel, est loin. C'est l'époque où avoir une connaissance du cinéma, de ses tendances et de ses écoles, de son histoire participe à notre langage commun.

Je découvre les concerts de rock. Avec mon petit ami, nous suivons et nous voyons sur scène un grand nombre de groupes : les Stones, les Sex Pistols, Bowie, Cure, Madness et encore beaucoup d'autres. C'est à ce moment que s'agrandit considérablement le nombre des vinyles que j'ai toujours.

Et je découvre avec fascination les nuits du Palace et la voix de haute-contre de Klaus Nomi.

Je me souviens qu'il régnait un fort esprit de camaraderie et d'équipe.

Bien des années plus tard, je me rends pour la première fois chez celui qui allait devenir mon dentiste. Au moment crucial où je suis allongée, démunie et que j'entends vibrer un de ses appareils de torture, il s'arrête, me regarde, ôte son masque et me lance tout à trac : « Vous savez que nous nous connaissons ? » J'avoue que j'avais d'autres préoccupations à cet instant et je lui lâche un simple « Ah bon ?

– Oui, j'étais à côté de vous durant le dernier examen de chimie et je vous dois en partie d'être là aujourd'hui. »

Je pense alors *in petto* que j'ai été bien inspirée de l'aider. J'ai parfois été généreuse avec mes voisins et mes voisines pendant les examens. La détresse m'émeut.

Après les années de prépa, ces deux ans m'apparaissent comme une *dolce vita* avant l'année de l'agrégation qui fut nettement plus rude. J'ai la petite satisfaction – l'orgueil – d'être reçue avec un meilleur rang que mon père : c'est bien la première fois ! J'ai encore un an à faire à l'École normale. Ma mère admire beaucoup Marie Curie. J'accepte pour elle de tenter une vie de chercheuse. Mes journées commencent tôt et je sors tard du labo. Je travaille sur des sujets sur lesquels les Soviétiques planchent avec acharnement depuis quarante ans avec un matériel pas très éloigné de celui décrit par Boulgakov dans son recueil de nouvelles *Les Œufs fatidiques*. Au bout d'un an, je jette l'éponge : la passion n'est pas au rendez-vous. Malgré mes efforts, je ne ressens… que l'effort.

En revanche, l'enseignement m'a immédiatement séduite. Et pas seulement pour le côté théâtral, style *Cercle des poètes disparus*. Certes, il est éreintant de parvenir à capter l'attention de toute une classe et je comprends que les professeurs soient épuisés au bout de quelques heures de cours. Je regrette que l'on en ait si peu conscience aujourd'hui et que ces derniers apparaissent très souvent comme la seule variable d'ajustement.

Je trouve, d'abord, un plaisir immédiat et évident dans la transmission. Essayer d'intéresser, c'est bien. Éveiller, aider les autres à se construire, leur permettre de faire l'économie des obstacles que nous avons rencontrés, c'est encore mieux. Néanmoins, serai-je heureuse dans une vie entièrement consacrée à l'enseignement de la physique ?

Un autre monde m'intrigue : celui de l'industrie. L'École normale supérieure laissant beaucoup de liberté d'organisation, surtout en quatrième année, je décide d'aller faire un stage de trois mois en entreprise. Une approche très atypique à l'époque – nous sommes en 1982. Je débarque en stage dans un groupe qui a aujourd'hui disparu : Imetal.

Un sujet de travail m'échoit, cela ne s'invente pas : comment extraire le radium dans les déchets miniers que l'entreprise possédait au Canada ? Ce fut mon deuxième contact avec le nucléaire. Le premier remontait à loin. Une de mes institutrices avait organisé une visite de centrale nucléaire. J'avais neuf ans, mais le rituel, le cadre, l'idée que l'on puisse extraire de l'énergie d'une toute petite quantité de matière m'avaient alors enthousiasmée.

J'ai beaucoup aimé ce stage chez Imetal. Revenue à l'École, je fais part de mon souhait de rejoindre le monde de l'entreprise, ce qui paraît quelque peu étrange à mes interlocuteurs qui me conseillent plutôt de passer par la voie de la recherche pour rallier une grande entreprise.

C'est alors que la directrice de l'École, Josiane Serre, me convainc de passer le concours d'entrée au corps des mines. Autrefois réservé aux dix ou douze meilleurs élèves de l'École polytechnique, ce Corps est ouvert à une poignée de normaliens scientifiques, choisis par un jury, grâce à une décision de Georges Pompidou, lui-même ancien élève de l'École normale supérieure.

J'arrive devant ce noble aréopage dans un tailleur en seersucker rayé bleu et blanc, totalement inconsciente de la quantité de matière grise, de diplômes et de réussite sociale assise autour de cette table en fer à cheval.

Je m'assieds en face de ces messieurs en costume sombre, derrière un petit bureau. La première question scientifique m'est posée par un homme affable. Je sais y répondre. J'ignore par contre qu'il est le père de la bombe H française, ce qui m'aurait fait perdre une partie de mes moyens. Une pluie de questions s'abat sur moi. Je me souviens de deux d'entre elles : Que pensez-vous des écologistes et que pensez-vous du dirigisme économique ?

Heureusement, je ne connais pas les membres du jury, j'ignore tout des jeux et des enjeux parisiens, ce qui me permet de ne pas être paralysée dans mes réponses.

S'agissant de la première question, je réponds que l'écologie est une discipline scientifique et que nous vivions dans un monde de ressources finies. Je considère le mouvement politique naissant comme nécessaire pour servir d'aiguillon à nos sociétés. J'y pointe néanmoins des franges préoccupantes, voire sectaires.

S'agissant de la seconde question, je dis que, outre ses missions régaliennes, l'État devrait limiter le cadre de ses interventions à la cohésion sociale, aux grands chantiers, aux grands projets industriels structurants permettant d'accompagner, voire d'appuyer, la croissance. L'heure est au keynésianisme le plus dogmatique et ma réponse fait tousser certains examinateurs et se réjouir d'autres.

Cette année-là, le jury prend trois candidats : deux filles et un garçon, ce qui est vécu comme un scandale. Deux filles ? Dans le saint des saints d'un monde d'où doivent émerger nos futures « élites » ? C'est inattendu, incongru et, pour tout dire, impensable.

Jusque-là, j'ai fort peu conscience du fait qu'être une femme pouvait poser un quelconque problème dans une vie professionnelle. L'univers familial dans lequel j'ai grandi, le fait que ma mère travaille, le cursus scientifique que j'ai choisi et, surtout, le fait que l'ascenseur social – si décrié aujourd'hui parce que l'on préfère le laisser en panne plutôt que de le mettre aux normes républicaines – a, en ce qui me concerne, fonctionné, tout cela m'a préservée de ce souci qui, loin de s'atténuer, va prendre avec le temps une tout autre ampleur.

## 2

# Nous entrerons dans la carrière…

*On peut juger du caractère des hommes par leurs entreprises.*

VOLTAIRE,
*Le Siècle de Louis XIV.*

Ce jour-là, j'ai rendez-vous avec Robert Pistre, le « patron » du corps des mines. En remontant le boulevard Saint-Michel, je me rappelle combien l'histoire de cette institution est liée à la saga industrielle de notre pays. Au point qu'elle se confond presque avec cette dernière ou que, tout du moins, elle en constitue le cours le plus intérieur. Une histoire fondée sur le caractère républicain et méritocratique de la formation et de la carrière de ceux qui y entrent. « La philosophie du Corps est de donner à la France une élite pour servir ce pays, sans accorder à ses membres des privilèges dont ils ne seraient pas dignes. » Tout est dit dans cette phrase souvent martelée par Raymond Lévy qui fut un des piliers du Corps, tout en présidant notamment aux destinées d'Usinor puis de Renault.

Comment la normalienne et jeune agrégée que je suis ne serait pas impressionnée ?

Une fois passé le porche du bâtiment, également intimidant dans sa majesté pompeuse du XVIIe siècle, je me dirige vers un homme dont le pull qui n'arrive pas jusqu'à la ceinture dissimule mal une chemise beige en synthétique et une cravate tire-bouchonnée marron. Vraisemblablement, le concierge. Je me présente et lui demande mon chemin.

« Vous ne pouvez pas mieux tomber, dit-il avec un grand sourire et un accent du Sud-Ouest, monsieur Pistre, c'est moi. »

Jusqu'à présent, j'ai toujours imaginé – mon manque d'expérience sans doute – que les éminences grises étaient plus ou moins toutes dans le moule d'un physique à la Valéry Giscard d'Estaing. Je tombe sur quelqu'un de « normal », dirait-on aujourd'hui.

Le grand manitou du corps des mines me conduit jusqu'à son bureau et là, en entrant, mon attention est attirée non pas par une statue, un tableau ou une tapisserie, mais par une immense photo en noir et blanc où l'on voit un paysan en train de désherber son champ à la houe.

Robert Pistre a suivi mon regard : « C'est mon père », dit-il avec fierté, puis il me demande : « Et vous, votre père, que fait-il ?

– Mon papa est professeur.

– Vous avez dit "mon papa". Alors vous l'aimez, votre papa ? »

Et là, durant près d'une heure, nous parlons de nos pères respectifs. Je sors désarçonnée : qu'un haut fonctionnaire me teste sur mes sentiments filiaux et familiaux plutôt que sur mes connaissances !?

Aussi original qu'exigeant, Robert Pistre a beaucoup compté dans ma vie. Il a été – il demeure – un miroir sans complaisance, capable de vous dire vos quatre vérités. Il en a été de même avec Raymond Lévy, un homme d'exigence et de rigueur. L'important n'était pas seulement les conseils qu'ils m'ont donnés, mais aussi le fait qu'ils m'ont considérée comme une interlocutrice intéressante malgré mon jeune âge.

C'est un vrai bonheur de pouvoir rencontrer des hommes remarquables. Et des femmes. La première dont je me souvienne, qui a jeté sur moi un regard bienveillant, s'appelait Agathe Pigeonnat. Elle fut la première institutrice de mon père. Nous sommes allés la voir un dimanche. J'avais cinq ans. Pendant qu'elle converse avec mes parents, je dessine un arbre à la craie sur le grand tableau noir de sa salle de classe. Venue me chercher, elle s'exclame devant mes parents surpris : « Oh, cet arbre : est-ce que vous avez vu ses racines ? La façon dont Anne a dessiné les branches qui se tendent vers le haut ? Cela signifie énormément de choses. Elle est ancrée dans le sol, elle aspire au ciel… C'est tout à fait remarquable pour son âge ! » J'en souris aujourd'hui, mais elle m'a poussée en avant. Rien ne vous rend plus fort qu'un regard bienveillant qui se transforme en un regard de confiance. Robert Pistre me rappelle souvent que ce qu'il a apprécié en moi la première fois est que j'étais attachée à mes parents et que je ne cherchais pas à dissimuler cette fidélité ni ce sentiment derrière la tranquille assurance de ceux qui sont revenus de tout sans être allés nulle part.

Le regard des autres qui vous dit : tu es capable. (Oui, je sais, la mode n'est pas à la gentillesse mais cela passera.) Ce regard est un trésor. Et plus tard, j'ai eu à cœur de faire passer le même message chaque fois que je croisais un homme ou une femme qui devait être poussé, porté, encouragé… Parce que je savais que cet appui, un jour ou l'autre, contrebalancerait les paroles dures, blessantes, gratuites que vous entendez si souvent, et encore plus dès que vous n'entrez pas dans le moule, dès que vous n'acceptez pas cette assignation à résidence qui, il faut bien l'admettre, est une des maladies de notre pays.

J'aime bien le mot peu employé d'« aménité ». En français, on l'emploie pour qualifier le fait de traiter l'autre avec égard, sans rudesse. Ce qui est amusant c'est que, initialement, l'aménité pouvait désigner aussi le calme, la contemplation sereine d'un paysage, bref, une forme d'harmonie. Or, autant je dis les choses franchement, clairement, directement – il est difficile de prétendre l'inverse –, autant je cherche à ne pas stigmatiser, casser, désorienter mon interlocuteur. Tout simplement parce que je sais que toute position de force induit déjà une situation de stress qu'il ne faut pas accentuer. Et par respect humain.

Voilà aussi pourquoi l'amitié, la fidélité en amitié, est une des valeurs que je place très haut dans mon panthéon personnel. Le grand historien et résistant Jean-Pierre Vernant disait que l'amitié, c'est s'accorder avec quelqu'un qui est différent de soi pour construire quelque chose de commun. Changer soi-même et changer les autres. Il employait l'expression que je trouve très belle de « tisser l'amitié ». Tisser prend également du temps.

J'aime les longues périodes dans lesquelles s'inscrivent non seulement le service public, mais aussi toutes les grandes aventures industrielles. Car l'industrie, c'est le domaine du long terme. Dès lors que vous êtes dans des temps longs, un certain nombre de régulations peuvent jouer : régulations directes sur votre industrie ou régulations indirectes sur vos clients ou vos fournisseurs.

Je ne crois pas aux à-coups, aux changements de pied pour je ne sais quelle notoriété éphémère qui s'apparente plus au quart d'heure de célébrité d'Andy Warhol qu'à la démarche d'un capitaine d'industrie.

Au corps des mines, les ingénieurs-élèves suivent trois ans de formation, dont deux stages d'un an en entreprise, et soutiennent un mémoire en troisième année. J'ai donc passé un an chez Usinor puis un an au Commissariat général à l'énergie atomique, le CEA.

Pourquoi Usinor ? Parce que je veux mieux appréhender les réalités que recouvre l'industrie lourde. J'y entre à vingt-trois ans comme ingénieur sur un train de laminoir à Montataire puis comme chargée d'études économiques au siège. C'est justement à cette époque que Raymond Lévy, qui a fait carrière dans le pétrole, devient P-DG d'Usinor.

L'entreprise perd 6 milliards de francs par an. Dans l'usine qui m'accueille, les relations sociales sont tranchées. Les ouvriers adhèrent à la CGT, les cadres se retrouvent à la messe à Senlis ou Chantilly. L'expérience en usine est rude. Mon premier jour ne manque pas de sel. Je passe la porte de l'usine, en bleu, bottes et casquée. Le hall est immense, le bruit fort, l'odeur prégnante… mais pas de trace humaine. On m'a pourtant dit de me rendre au fond à droite, ce que je fais. Tout à coup, je vois au loin trois ou quatre ouvriers qui, m'apercevant, me font de grands signes. J'oblique vers eux. Ma présence semble les surprendre et les amuser.

« Oh t'as vu !? C'est une femme ! » Je comprends leur surprise : les femmes sont interdites dans l'usine.

Son collègue rit : il n'a que quelques dents. Le troisième poursuit : « Elle ne peut pas être ingénieur, elle est trop jeune. » Et il attrape mon casque… aucun d'entre eux n'en porte ! Je continue de sourire, les salue mais n'en mène pas large. Personne alentour.

Le premier reprend la parole : « Eh ben dites donc, elle est courageuse de venir travailler ici. »

Remarque qui, à mon grand soulagement, fait consensus et détend l'atmosphère.

Tous les matins, je ferai le crochet pour leur dire bonjour.

L'odeur d'huile chaude imprègne les vêtements et la peau. La bande de tôle file vite mais casse trop souvent, interrompant le fonctionnement du laminoir, dégradant le rythme de production. J'assiste à un terrible accident de travail dans les cages du laminoir. Je ne vois que le sang, mais jamais plus les chiffres de la sécurité du travail ne seront pour moi des statistiques.

Je découvre les lamineurs, ces hommes au savoir-faire remarquable, qui font les programmes de laminage en enlevant les systèmes informatiques, car « à la main » le résultat est meilleur. Un de leurs contremaîtres, monsieur Poulet – un virtuose –, entreprend mon instruction, en me précisant bien que jamais il n'a fait cela pour aucun ingénieur de l'usine. Je mesure une fois de plus le fossé qui existe au sein de l'entreprise.

Dans un registre plus souriant, alors que j'entre dans le bureau du contremaître d'une équipe travaillant dans une autre partie de l'usine que la mienne, je découvre une pièce de trois mètres sur quatre entièrement couverte de photos et posters de femmes nues, plafond compris. Je fais comme si le « papier peint » n'existait pas. Lui l'a oublié. Pour une raison inconnue, il s'avise au milieu de la conversation de l'incongruité du décor. Il bafouille, il pique un fard... et m'explique qu'il a trouvé les lieux comme cela ! Certaines photos avaient pourtant l'air bien récentes. Je le laisse dans son embarras.

La suite de mon stage au siège est très différente. Marketing et ventes. Je prends la mesure du nombre de niveaux hiérarchiques entre le « big boss » et les lamineurs avec qui j'ai travaillé. La crise a éclaté en 1975 dans la sidérurgie, creusant les déficits et provoquant la fermeture de nombreuses usines, les unes derrière les autres. En 1982, l'enjeu est de produire moins mais de meilleure qualité, pour vendre plus cher. Et pourtant. Aucun des lamineurs que je côtoie ne le sait. Sept ans après le début de la crise, ils continuent de faire comme ils ont fait toutes les décennies précédentes : produire au maximum de la tôle. Je comprends le piège du fossé existant dans l'usine, le manque de communication verticale et les conséquences de strates trop nombreuses.

Au siège, je découvre aussi la vie de bureau d'un cadre moyen à la Défense. Je comprends que le standing s'évalue au nombre de fenêtres de votre bureau, à la taille des fauteuils, à votre heure de départ. Plus c'est tard, plus vous êtes important, quitte à prendre deux heures et demie pour déjeuner et presque autant dans les couloirs à parler foot ou avancement. Je vais vendre de l'acier en Italie, dans le nord de la France. Là aussi, cette expérience de terrain me sera précieuse par la suite.

À la toute fin de mon stage, je fais la connaissance du président : Raymond Lévy. J'entre dans son bureau un soir. Très direct, il m'explique qu'il est épuisé, qu'il a passé toute la journée à l'extérieur et que la tentation est grande, lorsqu'il regagne son bureau surchargé de parapheurs, de s'attaquer aux choses les plus faciles d'abord… Serait-il humain ?

Sa première question concerne mon rang de classement à l'École normale supérieure. Je l'ignore alors, mais la réponse que je fais : « quatrième », lui va très bien. Il me répond que, lui, était major à Polytechnique. Mon classement est idéal : en dessous du sien, mais suffisant pour qu'il m'observe avec une certaine considération. Il parle des *Fables* de La Fontaine. Je ne me montre pas trop ignare. Ouf ! Nous arrivons à ce que j'ai fait chez Usinor. Il me demande de lui faire un rapport personnel sur ce que j'ai vu, sans fard. Il y trouvera, peut-être, quelques pépites, me dit-il obligeamment.

Aussitôt revenue dans mon bureau, je me mets à la tâche et rédige en une trentaine de pages l'expérience et les analyses tirées de cette année passée chez Usinor, une entreprise pour laquelle je me suis fortement impliquée. Il m'a été demandé d'être directe ; je le suis tout en prenant soin de ne faire de tort à quiconque. À quelque temps de là, j'apprends que mon rapport a fait forte impression sur Raymond Lévy et qu'il a conduit à une compréhension nouvelle de certaines problématiques d'organisation et de production.

Depuis ce moment, Raymond Lévy suivra mon parcours et mes pérégrinations, en ne me ménageant ni son soutien ni ses encouragements.

Ma deuxième année, je la passe à l'Institut de protection et de sûreté nucléaire qui appartient alors au CEA, où j'étudie plus particulièrement les problèmes de sûreté appliquée à la chimie en Europe.

La catastrophe de l'usine chimique de Seveso en Italie et l'accident nucléaire de Three Mile Island, aux États-Unis, sont encore dans les mémoires. Le risque majeur peut frapper dans la chimie ou le nucléaire. Je découvre les travaux de Patrick Lagadec sur le « risque technologique majeur ». Son livre, qui recense et surtout détaille les scénarios des accidents industriels majeurs, me passionne. Je comprends que le facteur culturel et humain est très important. La directive dite « post-Seveso » a été votée par les pays européens pour prévenir et mieux encadrer les activités à risques. Quelques années plus tard, il m'est demandé d'analyser, pour le compte du ministère de l'Environnement français, de quelle façon la directive est appliquée dans les différents pays européens et, pour le CEA, de voir si les méthodes probabilistes rigoureuses, élaborées dans le nucléaire, peuvent être adaptées à l'industrie chimique.

Le premier volet de l'enquête est captivant. Je découvre la théorie – la Commission de Bruxelles – et la pratique – les déclinaisons nationale, régionale et locale. L'édifice juridique est très convaincant tout en haut, d'une concrétisation extrêmement variable, pour user de la litote, sur le terrain.

Le second volet, sous la férule de Robert Andurand, un vétéran du nucléaire français, expansif et chaleureux, me permet d'entrer dans la problématique de la sûreté nucléaire et de visiter les principales usines françaises : Eurodif, Pierrelatte, Marcoule, etc. Je les retrouverai un jour !

Je comprends rapidement que la différence est telle entre la conception des installations nucléaires et celle des usines chimiques qu'il serait économiquement mortel pour ces dernières de leur appliquer les principes de sûreté du nucléaire. Le sujet tourne court… Cela me laisse du temps pour approfondir le dimensionnement des centrales… et faire un peu de tourisme industriel : Malvési, Dampierre, Saint-Alban en construction… Je les retrouverai aussi !

La confrontation du nucléaire, risque majeur, et de la sûreté m'a à la fois beaucoup appris et m'a portée à beaucoup m'interroger. Je finis cette année à l'IPSN[1], convaincue que le nucléaire ne peut se développer que dans un degré d'exigence extrême sur la sûreté. Que cette dernière est une combinaison entre le design des installations, l'organisation mise en place et la culture de sûreté des hommes et des femmes qui y travaillent. Qu'il serait irresponsable de brader sciemment un des piliers du temple.

Cela sera ma ligne rouge permanente chez Areva. Le hasard (ou la nécessité) a bien fait les choses.

Le retour à l'école pour la troisième et dernière année est à la fois joyeux et triste : je retrouve mes condisciples, devenus pour certains des amis, et le boulevard Saint-Michel, mais je crains de finir par m'user sur les bancs de l'école.

Heureusement, avec Jean-Luc Delpeuch, nous commençons un mémoire sur la vie quotidienne des grands patrons. Un travail iconoclaste : nous sommes chargés d'aller observer les P-DG des grands groupes de la Défense, comme les ethno-

1. Institut de prévention et de sûreté nucléaire.

logues étudient les mœurs et coutumes des habitants de Papouasie-Nouvelle-Guinée. Une règle : la restitution en conservant l'anonymat. Nous allons interroger plus de trente dirigeants, tous français. Certains jouent pleinement le jeu et nous laissent devenir les observateurs, dans un coin, de leur quotidien. Nous décryptons, analysons, catégorisons. Certains se confient : leur solitude, les sacrifices faits, les angoisses. Beaucoup se sentent mal organisés. Raymond Lévy, remercié d'Usinor, me décrit les affres du manque et du regard des autres.

Nous en ferons un livre, un an plus tard, publié chez Calmann-Lévy sous le titre *Sur les traces des dirigeants : la vie du chef dans les grandes entreprises*.

Cette expérience globale n'a provoqué chez moi ni attraction ni répulsion particulière. Je ne me projette pas. Mais certainement, elle a transformé ces hommes inaccessibles – pas une femme bien sûr parmi eux – en êtres humains comme les autres.

Je me suis interrogée plusieurs fois sur les raisons qui nous avaient fait attribuer ce sujet. Un nouveau test de Robert Pistre ou la main du professeur Claude Riveline, le brillantissime penseur de l'École des mines, l'inventeur du sujet ? Les responsabilités n'ont jamais été clairement établies. Il est vrai qu'un des autres sujets de mémoire était : « Le nucléaire à l'exportation »…

Mai 2005, premier poste dans l'administration française : je dois, depuis mon entrée à l'ENS, dix ans de service à l'État qui m'a payé mes études, et même payée tout court.

Pendant trois ans, je vais être chargée de l'Inspection générale des Carrières de la ville de Paris et chef de division Sol et Sous-sol à la Direction régionale de l'industrie, de la recherche et de l'environnement d'Île-de-France. Sous cet intitulé long comme un titre d'ancien régime et un brin ampoulé se cache un job formidable puisqu'il s'agit ni plus ni moins de veiller sur les entrailles de la capitale et de la région parisienne. À moi s'ouvrent les mystères de Paris, ses sous-sols historiques, les eaux d'Enghien, les carrières de gypse et le pétrole récemment découvert en région parisienne.

J'ai un drôle de bureau sur la place Denfert-Rochereau, juste en face du lion de Belfort. Les catacombes sous les pieds, une cinquantaine de personnes dans le service. Je découvre le management. Je suis encore à l'âge où l'on cherche l'approbation, et même l'amour des autres. Je tâtonne sur la juste distance. Comme on ne peut pas être copain avec ses parents, il faut éviter de l'être avec ses subordonnés, tout en étant proche, ouvert et respectueux. J'apprends beaucoup de ces débuts. Le fonctionnement de la ville de Paris et de ses services, ce qu'est un préfet, un acte administratif, une enquête publique.

L'échelle est suffisamment petite pour que je sois au four et au moulin, les responsabilités assez larges pour que je connaisse une grande diversité et la technicité réelle.

La solitude aussi parfois : décider ou non de l'évacuation d'un immeuble à Meudon, après la visite d'une ancienne carrière souterraine dans laquelle un pilier s'est rompu.

Sur les 273 accès aux carrières souterraines de Paris, nous organisons de nombreuses fermetures. 273 ! Ce seul nombre permet d'imaginer la fréquentation clandestine dans les sous-sols. Il a fallu condamner les accès sans enfermer personne !

Je m'occupe aussi des sous-sols en exploitation dans l'Île-de-France et des trois départements de la petite couronne. J'entre dans la carrière par les carrières.

Descendre dans une mine ou une carrière souterraine, ce n'est pas comme visiter une usine. C'est une expérience plus forte, plus âpre. L'ambiance est particulière. Il se tisse une relation étroite entre les personnes. Cela touche le visiteur épisodique comme l'habitué. J'aime descendre dans une mine, il y a tout un système et un rituel. Beaucoup de personnes qui font cette expérience ressortent fascinées, il y a un avant et un après. Et je les comprends.

Une affaire de corruption dans le service à la ville de Paris m'ouvre les yeux sur d'autres aspects de la nature humaine. Les semaines d'enquête avec les gendarmes sont longues… mais pleines d'enseignement inattendu. Ainsi me montrent-ils comment ils font avouer un homme coupable du meurtre de son épouse. Pas de coups de Bottin sur la tête mais des hurlements répétés. Horrible ! Je n'avais pas besoin d'être convaincue que l'assassinat n'était pas une solution pour se débarrasser de son conjoint.

Cela ne me dissuade pas de me marier, en octobre 1986, avec Jean-Éric Molinard, devant nos familles et nos amis. Nous nous connaissons depuis dix ans. Notre relation a été passionnée, avec des hauts et des bas pendant nos études. La stabilisation ne sera pas durable sur le très long terme.

Retour à la surface. Raymond Lévy, devenu entre-temps patron de Renault et également vice-président du Conseil général des mines, m'appelle et m'annonce : « J'ai une grande idée pour votre carrière. » À cette déclaration, je bondis de joie : « Il va m'embaucher dans l'automobile ! » Je m'interroge un peu : « Est-ce que ce domaine industriel me plaît ? » En fait, pas du tout : il me propose d'être l'adjointe du chef de service du Conseil général des mines, c'est-à-dire la petite main qui s'occupe de la gestion du corps des mines et de la formation des jeunes. Au début, la marge de manœuvre ne m'est pas apparue extravagante, sous les ordres de Lévy et Pistre, mais très vite j'ai vu différemment ce poste d'apprentissage. J'ai compris le poids et l'importance de la gestion des hommes et des femmes.

Le système social est ainsi fait que, plus vous montez dans la hiérarchie, moins il y a de volontaires pour vous dire la différence qu'il y a entre l'image que vous avez de vous-même et l'image que les autres ont de vous. Le rôle de la personne qui gère les carrières est justement de faire en sorte, avec beaucoup de tact et une certaine diplomatie, que ces deux images convergent. Trouver l'adéquation entre la personne et le poste est aussi une gageure. Dès lors que les gens sont réalistes sur eux-mêmes, il y a forcément un travail qui va leur convenir. Mais les élites françaises ont parfois une telle image d'elles-mêmes qu'elles confinent à l'arrogance. Certains pensent que tout leur est dû tout au long de leur carrière car ils ont été très bons élèves. Les premiers de la classe !

Enfin, je découvre que l'on passe beaucoup plus de temps sur les cas difficiles que sur les très bons éléments. Des enseignements qui vont m'être profitables pour gérer la communauté humaine qu'est l'entreprise.

C'est l'année enfin où Robert Pistre me distille ses leçons de politique appliquée. Sans elles, je n'aurais certainement pas fait long feu à l'Élysée.

Été 1989, je passe la ligne de mes trente ans sous d'autres latitudes : au Vietnam. Je suis en mission sur l'industrie verrière, avec de jeunes ingénieurs des Mines. Nous sommes sérieux, mais quels fous rires aussi ! Mon mari vient me rejoindre. Je suis beaucoup plus heureuse à trente ans qu'à dix-huit !

La même année, les propositions commencent à affluer. Saint-Gobain et Renault m'invitent à les rejoindre à des postes assez similaires à la direction de la Stratégie et du Plan avant de prendre des responsabilités opérationnelles. Mais une proposition va bien opportunément sortir du chapeau et du lot. Le directeur général de l'Énergie et des Matières premières vient me voir et, un peu mystérieusement, me demande : « Est-ce que cela vous intéresserait d'aller à l'Élysée ? » J'ai eu l'impression qu'il me suggérait une mise sur orbite autour de Saturne.

« Un poste de chargé de mission va se libérer, me précise-t-il, celui qui suit les dossiers liés au commerce extérieur. Ce n'est pas tout à fait votre profil mais, si cela vous tente… et puis d'autres postes peuvent se libérer… Donnez-moi votre CV et je le ferai passer. » Une bouteille à la mer, pas plus. Quelle n'est pas ma surprise quand je suis convoquée trois semaines plus tard par le secrétaire général adjoint de l'Élysée, Christian Sautter. L'entretien est long et approfondi. Je m'autorise un lèche-vitrines en sortant rue du Faubourg-Saint-Honoré… Deux jours plus tard, c'est au tour de Jean-Louis Bianco de me recevoir dans son bureau d'angle. La beauté des lieux est impressionnante. Le secrétaire général de l'Élysée déploie ses longues jambes. Il parle un français très châtié et fume un petit cigarillo. Au milieu de notre entretien, il m'interroge : « Si on vous proposait le poste, cela vous intéresserait-il ? » Et moi de lui répondre d'une voix claire : « Je dirais banco ! » Banco à Bianco ! Je suis effondrée en sortant de son bureau. J'ai dépassé le bord de la falaise comme dans un dessin animé de Tex Avery. Je me suis dit : « Rien, aucun arbuste syntaxique ne me rattrapera. » D'autant que « banco » est un mot que je n'emploie pas. Je ne l'ai jamais dit avant. Jamais dit après. Excepté ce jour-là.

Bianco et Sautter ont proposé plusieurs profils au président de la République qui avait été notamment réélu autour du thème de l'ouverture politique. Je n'étais ni énarque ni socialiste, et c'est peut-être ce qui a joué en ma faveur. Le chef de l'État voulait des profils différents. Et il m'a choisie sur mon dossier. J'entre à l'Élysée en février 1990, en tant que chargée de mission pour l'économie internationale et le commerce extérieur.

## 3

## Conseillers, intermédiaires et courtisans

*Il y a des hommes n'ayant pour mission parmi les autres que de servir d'intermédiaires ; on les franchit comme les ponts, et l'on va plus loin.*

Gustave FLAUBERT,
*L'Éducation sentimentale.*

Je viens juste d'emménager dans un petit bureau de l'Élysée quand l'inter sonne. C'est un de mes premiers appels. Je décroche et j'entends une voix flûtée au bout de la ligne.

– Anne Lauvergeon ? Bonjour. Ici François de Grossouvre. Je tenais à vous féliciter pour votre nomination. Ce serait bien que nous puissions nous rencontrer…

Je ne connais pas François de Grossouvre. Sa demande est formulée avec la plus extrême courtoisie. Bien évidemment, j'accepte même si je ne sais pas du tout à cette époque quels sont les domaines d'intervention du président du Comité des chasses présidentielles. Nous convenons de nous rencontrer en début d'après-midi trois semaines plus tard.

Le jour dit, une pluie battante tombe sur Paris. Le bâtiment de l'Élysée a la forme d'un fer à cheval. Mon bureau se trouve dans l'aile gauche et celui de François de Grossouvre est situé de l'autre côté. Comme je ne suis pas en avance – ce qui m'arrive parfois –, je décide de passer par la voie protégée, donc le premier étage. Je sors de mon bureau et je me mets à courir. Quand je cours, je cours. Je fonce dans les couloirs vides. Je prends le premier tournant, monte l'escalier, passe devant les gardes amusés puis les huissiers étonnés. Personne devant moi, je continue au même rythme. C'est à ce moment qu'une porte s'ouvre et laisse s'échapper une grande silhouette. Je fais une tentative désespérée pour freiner mon élan et j'entre en collision avec Nelson Mandela qui sort d'un entretien avec François Mitterrand. Le prisonnier le plus célèbre du monde éclate de rire et dit en anglais : « Quel palais merveilleux où les jeunes femmes tombent dans vos bras ! » Et tout cela sous l'œil du président de la République qui le suivait. François Mitterrand marque un temps d'arrêt et me demande de l'attendre pendant qu'il raccompagne son illustre invité. Quand il revient, il me fait entrer dans son bureau, ce qui est pour l'humble chargée de mission que je suis une expérience incroyable, et il me questionne : « Où couriez-vous ainsi, madame ? Cela paraissait extrêmement urgent. » Je lui réponds que j'ai rendez-vous avec François de Grossouvre. « Ah bon, avec monsieur de Grossouvre », répète-t-il avant d'ajouter : « Vous pouvez parler avec monsieur de Grossouvre de tout ce que vous voulez : de la pluie, du beau temps, des arbres, de la littérature mais, surtout, surtout, évitez de lui parler du commerce extérieur, d'exportation, de rien de tout cela… » La conversation continue quelques minutes sur mon parcours et les dossiers sur lesquels je travaille.

Je sors du bureau présidentiel, un peu étourdie car la probabilité, encore une fois, pour un conseiller d'échanger quelques mots du quotidien avec le chef de l'État avoisine le néant. Je reprends mes esprits et me souviens de mon rendez-vous… et de mon retard.

François de Grossouvre me fait patienter. Puis sa secrétaire m'introduit dans son bureau. Il est au téléphone, le combiné blanc de l'inter collé à l'oreille et me faisant signe de m'asseoir.

« Oui, François… Non… D'accord, François, je lui dis parce qu'elle est en face de moi… Bien sûr François, compte sur moi, nous allons bien travailler ensemble. » Il raccroche et il me dit : « Comment allez-vous ma chère Anne ? J'avais le Président en ligne qui me redisait combien il était essentiel que nous travaillions main dans la main sur tous les projets d'exportation. »

Il est clair qu'il a fait semblant d'avoir le chef de l'État au téléphone. Je suis sidérée. Je joue donc à la paysanne de la Nièvre en le regardant avec de grands yeux, mi-niais, mi-approbateurs. Un rôle dans lequel je me réfugie quand je suis choquée et que je ne veux ni ne dois m'exprimer.

Par la suite, j'ai évité tout tête-à-tête qui aurait pu s'avérer embarrassant.

Je n'avais pas besoin de cette curieuse expérience pour me méfier de tous ceux qui s'exercent au métier d'agent d'influence. Je les ai toujours évités, j'ai toujours refusé de les rencontrer. Cela fait plus de vingt ans que je travaille dans l'international. Je ne connais ni Ziad Takieddine, ni Alexandre Djouhri, ni leurs congénères… À quoi, à qui sont-ils vraiment nécessaires… ? Ma stupéfaction est d'avoir vu leur rôle grandir au fil de ces dernières années, faisant douter des motivations de ceux qui les utilisent. Alors que les législations anticorruption se sont dévéloppées partout, pourquoi et comment ces intermédiaires tiennent-ils le haut du pavé ?

Quinze jours après mon arrivée, je suis chargée de préparer les dossiers économiques dans le cadre d'un voyage présidentiel au Bangladesh puis au Pakistan. Au Bangladesh, la France va surtout investir dans la maîtrise des eaux qui est la grande plaie de ce pays martyr. Jacques Attali est particulièrement actif sur ce dossier.

Lors de la réception donnée le soir de l'arrivée, les délégations des deux pays font l'objet d'une présentation formelle. C'est pour moi l'occasion de rencontrer une seconde fois François Mitterrand. Il me sourit :

« Bonsoir, madame Lauvergeon.

– Bonsoir, monsieur le Président.

– Je crois que j'ai connu votre père.

– C'était mon grand-père, monsieur le Président. » Aïe, me dis-je. Mais après tout c'est la vérité. Mon grand-père a été adjoint au maire de Saint-Didier, commune d'une cinquantaine d'habitants dans la Nièvre. Il n'a pas l'air de relever que je viens de souligner les deux générations qui nous séparent. Il se tourne vers mon voisin.

Au Pakistan, la situation est tendue à l'extrême. Nous arrivons dans une ambiance de siège avec des soldats armés de mitraillettes tous les deux cents mètres. Les hostilités sont déclarées entre le président du pays, Ghulam Ishaq Khan et le Premier ministre, Benazir Bhutto. Cette dernière voulait nommer le chef militaire et l'on sait le poids fondamental de l'armée au Pakistan. François Mitterrand est le premier chef d'État français à s'y rendre. La préparation du voyage me semble un peu singulière avec une théorie affichée du Quai d'Orsay fort simple. On peut la résumer ainsi : les autorités pakistanaises vont certainement essayer de parler du nucléaire civil, le mieux est de dire que l'on refuse d'en discuter, le problème disparaîtra de lui-même.

Le seul « hic » est que, lorsque nous arrivons au Pakistan, nous avons vite fait de constater que la seule chose qui intéresse le gouvernement est, bien évidemment, la coopération nucléaire avec la France. Benazir Bhutto est attendue par tous, amis et adversaires, sur ce sujet. Il était impossible d'y échapper, à moins de vouloir provoquer un incident diplomatique majeur. Et là, sur place, commence un ballet improbable entre les représentants du Quai d'Orsay et de Bercy qui semblent avoir trouvé là un terrain de jeu pour exprimer leur détestation mutuelle. Et le Quai d'expliquer qu'il faut une annonce positive pour Benazir Bhutto (en faisant taire en son sein les non-proliférateurs du nucléaire). Et les Finances (dont la DREE[1]) de camper sur leur refus, avec en ligne de mire les financements futurs. Je suis stupéfaite que, lors d'une visite présidentielle, ces éminences puissent s'affronter de la sorte. Les uns me tirent le bras gauche, les autres le droit. Ils veulent me gagner chacun à leur cause fondée, en grande partie sur des corporatismes et de vieilles inimitiés. Ce qui ne les empêche nullement dans le même temps de bien me faire sentir que je ne suis pas grand-chose et bientôt plus rien si je ne fais pas le bon choix.

Cette agitation souterraine tranche avec les enjeux politiques majeurs qui secouent le sous-continent indien. Je suis saisie par le calme et la beauté de Benazir Bhutto qui est la première femme politique d'un pays musulman à parvenir à ce niveau de responsabilité. Elle sait jouer de ses longs voiles qu'elle porte avec grâce, elle parvient à mêler force de conviction et séduction. Et pourtant, elle marche au bord d'un lac en fusion. Quelques mois plus tard, elle sera destituée et battue aux législatives. Elle reviendra à la tête du gouvernement en 1993 avant d'être de nouveau destituée puis exilée en 1997. Bravant les interdictions, elle réapparaît au Pakistan dix ans après et se lance une fois encore dans la bataille. Benazir Bhutto sera privée d'une nouvelle

1. Direction des relations économiques extérieures.

victoire électorale en étant assassinée alors qu'elle animait une réunion avec ses partisans sans protection policière. Sans connaître son destin tragique, on sent ce jour-là, en croisant son regard et en la voyant sourire, qu'elle est une héroïne affrontant son destin. François Mitterrand est visiblement sensible à cette aura.

Le nœud gordien est de plus en plus serré. En coulisses, les réunions se succèdent toute la nuit. Un article du *Monde* fait état de dissensions, déclenchant de nouvelles irritations. Je me demande parfois ce que je fais là.

Loïc Hennekinne, le conseiller diplomatique du Président, tranche par son caractère direct et son bon sens. Son absence se fait sentir. Je rédige une note pour le président de la République, proposant le schéma suivant (l'œuf de Colomb) :

« Oui à une coopération nucléaire avec le Pakistan (très bien pour Benazir Bhutto) – mais à condition que le Pakistan accepte les contrôles intégraux des Nations unies » (c'est-à-dire que les inspecteurs de l'AIEA puissent enregistrer toutes les actions faites dans le secteur nucléaire, pour empêcher la prolifération). Connaissant les activités militaires nucléaires pakistanaises, cette dernière condition est inacceptable en l'état. Elle rassure de fait toute la communauté internationale sur la politique nucléaire de la France.

Le Président acquiesce. Benazir Bhutto est déçue et soulagée. Elle sait qu'elle n'aura pas de centrale nucléaire, mais elle n'a pas perdu la face.

Je rentre de ce déplacement épuisée et effrayée. Loïc Hennekinne me dit que les voyages sont habituellement plus pacifiques mais je m'interroge sur ce qu'on attend de moi. Personne n'est là pour me le dire vraiment. Mon travail est de faire des notes pour un seul lecteur : le président de la République.

Un exemple : le chef de l'État mexicain est attendu pour une visite de travail à Paris. Je dois écrire une note sur la situation économique et financière du Mexique et sur les relations bilatérales dans ces domaines afin que François Mitterrand dispose de l'ensemble des informations utiles à sa disposition. Je le sais environ trois semaines à l'avance. Je reçois des masses de données provenant du Quai d'Orsay, du ministère des Finances. Elles sont généralement assez techniques. Or je sais, et je l'ai vu au Bangladesh et au Pakistan, ce sont des matières que François Mitterrand n'affectionne guère. Il aime par contre l'histoire et la géographie. Je vais donc insérer ce qu'il doit savoir sur l'économie et la finance dans une trame qu'il aura plaisir à lire. Mais pour cela, il faut que je sois moi-même beaucoup plus instruite sur ce pays que je ne le suis. Mon père, agrégé d'histoire et de géographie, est parfois mis à contribution sur les livres à lire. Dans mon petit bureau de l'aile gauche de l'Élysée, je fignole, j'élabore un produit éphémère. Dois-je mentionner que j'y prends un goût extrême ? Je me cultive, je cultive mon français, je m'exerce à la synthèse en une page et demie.

La note, objet de tant d'efforts, part ensuite chez le secrétaire général adjoint de l'Élysée qui y appose son paraphe, assorti ou non d'un commentaire, puis il la passe au secrétaire général qui fait de même avant qu'elle n'arrive sur le bureau présidentiel, puis qu'elle ne me revienne avec ce seul mot un peu frustrant « vu », écrit à l'encre bleu azur et signé parfois : « FM ». Je suis dans mon petit bureau comme un moine copiste, entourée de dossiers qui manquent à tout moment de m'ensevelir, et je me demande si mes synthèses sur les négociations du GATT ou l'union monétaire allemande sont ou non appréciées : Les lit-il seulement ? J'apprends un peu par hasard qu'une trentaine de notes lui arrivent chaque jour de ses différents conseillers. Je monte donc un test. J'ai rédigé une note assez longue et technique de deux pages et demie sur la dette polonaise, sujet complexe. J'ai glissé au milieu de la deuxième page une faute d'orthographe. Sur cette note-là, François Mitterrand n'a pas seulement écrit « vu », il a entouré l'erreur et écrit un « oh ! » dans la marge. Bonheur absolu : il me lit !

Peu après, je reçois un appel du secrétariat particulier : « Monsieur le président de la République souhaite vous rencontrer. » Le rendez-vous est pris. L'heure qu'il vous propose s'impose.

Cette conversation dure une bonne heure. Nous commençons par parler du Togo (grâce à Dieu, j'ai révisé puisque le président togolais vient à Paris), du GATT, de l'histoire… J'ai encore des difficultés à cette époque avec le protocole et j'ai du mal à prononcer en début ou en fin de phrase le « monsieur le Président ». Je suis donc assez « nature », comme si je parlais avec un aîné. Il paraît de bonne humeur, enclin à discuter avec moi. Je sors de son bureau néanmoins assez catastrophée par mon audace.

À quelque temps de là, le chef de l'État commence à m'envoyer des notes d'autres conseillers : « A. Lauvergeon, votre avis », « A. Lauvergeon, qu'en pensez-vous ? » Je reçois ainsi des notes économiques mais aussi des synthèses sur l'Éducation nationale ou l'agriculture… Je m'efforce de répondre à ces demandes en y associant mes collègues. Je sais maintenant ce qu'est la sensibilité d'auteur !

Naturellement, il ne faut pas longtemps pour que cette « faveur » ne s'ébruite dans les couloirs de l'Élysée.

Arrive le sommet franco-africain de La Baule en juin 1989. Mon travail porte sur la question des prêts et de la restructuration des dettes, ce qui n'était pas ici l'enjeu central. Les usages dans ces sommets veulent que le président de la République attende le chef de l'État invité, le salue à l'entrée de l'hôtel et le conduise ensuite à la salle des conférences. Tout est soigneusement organisé, chronométré, négocié. C'est au sens propre du terme un ballet diplomatique.

Entre chaque arrivée, il y a un temps de latence. Je suis un peu à l'écart, dans le hall de l'hôtel Castel Marie-Louise, derrière un pilier. Après avoir accueilli le premier président africain, François Mitterrand m'aperçoit, vient vers moi et commence à me parler du premier invité. Après chaque nouvel arrivant, il adopte le même manège et me livre des anecdotes sur le pays et ses représentants. C'est drôle, très drôle, parfois vache, toujours ciselé. Était-ce volontaire de sa part ? Les supputations sur mon avenir se sont alors démultipliées.

Vingt ans plus tard, on me racontera que François Mitterrand avait sciemment, et de manière répétée, envoyé des signes appuyés pour préparer ma promotion.

Puis il y a le sommet de Houston. Nous sommes en juillet 1990. Un certain nombre de dirigeants occidentaux parmi lesquels George Bush hésitent à soutenir économiquement Gorbatchev dans son entreprise de perestroïka. Fort du soutien de Helmut Kohl, François Mitterrand estime, lui, que « mieux vaut assurer le risque de soutenir Gorbatchev, qui a tant fait, que le risque de l'inconnu ». Ce désaccord en cache bien d'autres comme la demande américaine de soumettre l'agriculture européenne au libre-échange.

Je travaille sur ce sommet en soutien de Jacques Attali. Durant le sommet, le président de la République me témoigne sa satisfaction. Et tout l'entourage de relever, disséquer, d'analyser ses paroles et ses gestes… et surtout de jalouser celle qui en est l'objet : « Pourquoi cette attention sur cette jeune femme qui vient de nulle part ? Pourquoi elle ? » Il s'agit d'un phénomène de cour que je refuse de voir et d'admettre à cette époque, même si j'en mesure les effets.

Un conseiller vient me voir : « Le secrétaire général adjoint est sur le départ, ce sera sûrement toi la remplaçante de Christian Sautter. » Cela me paraît peu probable, six mois après mon arrivée à l'Élysée et alors que je suis benjamine de l'équipe.

Ce phénomène de cour, je l'avais déjà rencontré dans le monde de l'entreprise. Je me souviens d'une visite du président d'Usinor dans l'usine où je me trouvais. La première annonce avait déclenché un grand émoi et quelques critiques : « L'apprendre quinze jours avant seulement, vous vous rendez compte ! Nous n'allons jamais avoir le temps de tout repeindre ! » J'avais l'impression qu'un dieu s'était invité chez les mortels, tant on mettait de dévotion à l'accueillir. Pour éviter tout risque de rupture de tôle en présence du dirigeant, on avait changé le programme de laminage, le client pouvait attendre. Ensuite, nous avons eu droit pendant des jours entiers à l'analyse de la visite du président, et en particulier d'un micro-fait : avait-il serré la main du syndicaliste de la CGT légèrement plus longtemps que celle d'un cadre supérieur ? L'enjeu, comme on l'a vu précédemment, était loin d'être négligeable.

J'en rirai bien avec Raymond Lévy quelques années plus tard… Mais je ferai aussi mon miel de son enseignement, très complémentaire de celui de François Mitterrand. Les grandes organisations ont besoin de rituel et de pouvoir de représentation. Une partie évoque irrésistiblement Saint-Simon. Louis XIV l'avait bien compris après la Fronde : pour tenir les grands féodaux, il faut les transformer en courtisans. À charge de ne pas devenir soi-même leur otage. Ce n'est pourtant pas, j'en suis convaincue, une fatalité. On peut incarner le pouvoir dans une organisation en s'épargnant assez largement ce type de phénomène. Dans une entreprise, par exemple, en refusant l'existence même d'un cabinet, pour garder le contact direct avec les personnes, en s'entourant de profils très différents, en évitant de jouer les uns contre les autres.

Nous parlons du phénomène de cour uniquement pour la politique, mais ce sont beaucoup de nos activités économiques, sociales et même associatives qui sont gérées souvent d'après ce canevas. La cour, constatée et fantasmée en haut de la pyramide politique, redescend en cascades. Je remarque au passage que les hommes et les femmes n'ont pas tout à fait la même approche du mot autorité : pour un homme, ce terme est souvent chargé de coercition, il faut se donner les moyens d'exercer cette autorité et il arrive que ces moyens éclipsent la fin.

Pour une femme, et ce n'est pas un hasard si la philosophe Hannah Arendt a donné la définition la plus juste de ce terme, l'autorité doit être naturelle, elle doit aller de soi. C'est ce que l'on retrouve dans l'expression : « C'est une autorité dans son domaine. »

J'entends souvent des politiques comparer le phénomène de cour sous François Mitterrand et le phénomène de cour sous Nicolas Sarkozy. Il y a pourtant entre les deux des différences non pas de degrés, mais de nature. François Mitterrand ne maltraitait pas ses conseillers, et certainement pas en public. Il pouvait les battre froid, ce qu'il faisait avec un art consommé – il avait des silences polaires – mais il ne ressentait jamais la nécessité d'humilier l'autre pour se grandir, encore moins de l'invectiver. François Mitterrand acceptait la contradiction dès lors qu'elle s'exprimait au moment adéquat. À toute monarchie, il faut des corps intermédiaires et des contre-pouvoirs. C'est pour cela qu'il a toujours eu le souci de s'entourer de collaborateurs très différents et capables pour certains d'entre eux de lui dire franchement les choses. Ce fut ma chance.

# 4

# La femme du bureau d'à côté

*La vraie grandeur consiste à être maître de soi-même.*

Daniel DEFOE, *Robinson Crusoé.*

L'année de mon arrivée est aussi l'année du sinistre Congrès de Rennes. Cette guerre fratricide s'explique davantage par la conjuration des ego que par de véritables enjeux idéologiques. Cette bataille picrocholine me révulse. Elle empoisonnera durablement les rapports entre les responsables socialistes, bien après la disparition de François Mitterrand. Dès cette époque, ce dernier m'explique que 1993 verra une nouvelle cohabitation. Pour ce grand littéraire, c'est arithmétique. La seule inconnue est la gravité de la défaite à venir. Une des conséquences indirectes du congrès est la démission spectaculaire d'Édith Cresson du gouvernement de Michel Rocard en octobre. Elle est remplacée par Élisabeth Guigou qui quitte l'Élysée pour devenir ministre des Affaires européennes. Ceux qui prêtent la plus grande attention à ces jeux de chaises musicales se tournent alors vers moi, convaincus que je vais être nommée conseiller aux Affaires européennes à l'Élysée. Je suis en vingt-quatre heures l'objet de toutes les sollicitudes. Mais le Président choisit Sophie-Caroline de Margerie. Et là, le regard des autres change vite. La disgrâce ? La nouvelle conseillère vient dans mon petit bureau pour me dire : « Anne, maintenant, il est clair que tu vas travailler pour moi. »

Je décide de prendre avec philosophie ces variations. J'ai raison puisque, le mois d'après, je suis nommée secrétaire général adjoint de l'Élysée. Quelque temps auparavant, François Mitterrand m'avait glissé : « Je souhaiterais que vous remplaciez Jacques Attali. » Ce dernier remplissait la fonction de « sherpa » qui est le surnom donné aux représentants personnels des chefs de l'État pour les sommets du G7, qui se retrouvent régulièrement pour préparer ces rencontres et qui siègent derrière la table des négociations. En apprenant que je remplacerai Christian Sautter, je suis partagée entre la peur et le soulagement. Peur devant l'ampleur de la tâche et les chausse-trapes qui m'attendent, et soulagement de ne pas avoir à m'investir dans une toute nouvelle vie internationale dont je connais mal les codes. Par ailleurs, succéder à Jacques Attali me paraît hors de portée. Jean-Louis Bianco, le secrétaire général, accueille cette décision avec chaleur. Nous allons fort bien travailler ensemble. Il excelle dans l'analyse. J'aime à tirer les plans d'action. Peu après ma nomination, je rencontre François Mitterrand dans une réception et il me lance : « Alors, comment se passent vos travaux de sherpa ? » Là, coup direct à l'estomac.

« Pardon, monsieur le Président[1], mais vous m'avez nommée secrétaire général adjoint.

– Non, non, je vous ai choisie pour les deux postes.

– Mais je ne vais pas remplacer à la fois Christian Sautter et Jacques Attali…

– Si. Où est le problème ? »

Nous avons eu par la suite un entretien plus formel au cours duquel j'ai réaffirmé mon refus d'occuper les deux postes. Il m'a donné un mois pour réfléchir. Je suis revenue avec d'autres noms et je suis ressortie… « sherpa » de son bureau au bout de quarante minutes, effarée. Les deux arguments massue qu'il m'a opposés : je sais dire non avec le sourire et la conjonction des deux postes leur donnerait un nouvel équilibre. Le seul argument qu'il aurait pu entendre était un désir d'enfant que je n'avais pas à cette époque.

Mais je ne suis pas au bout de mes surprises. Le bureau du secrétaire général adjoint se trouve traditionnellement au deuxième étage. Vu la hauteur des plafonds, c'est très bon pour les jambes et pour la forme. Un soir de la fin mars 1991, Jacques Attali étant parti sur les bords de la Tamise présider la BERD[2] dont il a eu l'idée et qu'il a créée, de la même manière faussement étonnée,

1. Hourra, j'arrive maintenant à le dire !

2. Banque européenne pour la reconstruction et le développement.

François Mitterrand me demande : « Mais pourquoi n'êtes-vous pas encore installée dans le bureau à côté du mien ? Vous pouvez vous y installer demain. »

Le président de la République parlait du bureau jouxtant le sien. Un bureau bien particulier puisque votre voisin immédiat est François Mitterrand et puisque les visiteurs qui viennent le voir sont obligés de le traverser.

Je dois reconnaître que François Mitterrand est durant les quatre ans de notre « cohabitation » un voisin extrêmement discret. Il a l'habitude de frapper trois coups secs au-dessus de la poignée avant de passer la tête. S'il voit un visiteur, il la referme doucement et s'éclipse. Je finis par comprendre qu'il vient parler à certaines heures et j'essaie de ne pas prendre de rendez-vous à ces moments-là. Il est toujours d'une politesse extrême, saluant toutes les personnes qu'il rencontre avec une forme de timidité qui n'est pas feinte.

C'est dans ce cadre pour le moins original que j'ai appris ce qu'on attend des « sherpas ». Ces collaborateurs sont là pour avaler des dossiers volumineux et ardus, déminer les problèmes, éviter qu'ils n'arrivent au niveau des chefs d'État sans qu'ils aient pu s'y préparer. Il faut surtout que la France puisse gagner sur l'essentiel de ses intérêts et de ses principes. Vaste programme. Et pourtant, le sherpa doit toujours avoir à l'esprit qu'il ne joue pas dans la même catégorie que le Président ou le chef du gouvernement. Il faut donc leur laisser l'ampleur, l'aisance, la marche de manœuvre nécessaire, leur laisser les solutions intelligentes et surtout leur éviter les situations impossibles.

Il entre dans ce travail une part de psychologie. Il n'est pas envisageable de s'appuyer sur les mêmes mécanismes pour tous. Ce qui marche dans une relation bilatérale avec un interlocuteur peut se révéler désastreux avec un autre. Reconnaissons que nous sommes à l'époque face à des personnalités fortes. Outre François Mitterrand, il y avait Margaret Thatcher, George Bush, Helmut Kohl… Ils avaient tous traversé des épreuves, connu la disgrâce puis vécu la reconquête de l'opinion et du pouvoir. Parfois, un « intrus » se glissait et chacun sentait bien qu'il n'appartenait pas vraiment au club et qu'il serait assez tôt remercié dans son pays. Et, en général, il l'était.

Mais le plus extraordinaire, c'est de voir combien ces politiques arrivés au sommet qui n'avaient pas les mêmes cultures de base, pas les mêmes référentiels, arrivent à se comprendre parfois à demi-mot. Je me souviens, par exemple, d'échanges entre François Mitterrand et le Premier ministre japonais, Kiichi Miyazawa, sur l'agriculture. On aurait pu croire que l'on était dans deux mondes ruraux fort lointains. En fait, les deux dirigeants se comprenaient parfaitement. Ils défendaient des terroirs, une tradition, le maintien d'un certain nombre de gens dans leur ferme.

Plus que des inimitiés, il y a des jugements partagés par l'ensemble du groupe. C'est ce que Nicolas Sarkozy n'a, semble-t-il, pas parfaitement compris au début de son quinquennat. Les dirigeants se disaient : « Est-ce qu'Untel est fiable ? Est-ce qu'il est susceptible de tenir ses engagements ? » Le poids de la parole donnée pèse énormément dans les relations internationales.

Cette expérience m'a également beaucoup appris et m'a été très utile plus tard chez Areva. Dans le secteur de l'énergie, la compréhension des dynamiques géopolitiques est très importante pour prendre les meilleures décisions commerciales et industrielles, mais la « pâte humaine » est essentielle. Je me souviens très bien de Jacques Chirac me disant de Gerhard Schröder, sur un dossier qui concernait directement Areva : « Non mais attendez, Anne, attendez, il m'a dit qu'il le ferait, n'ayez aucune crainte, il le fera, oui, il le fera ! » Et en effet, Gerhard Schröder est parvenu à tenir son engagement huit jours après sa défaite électorale alors qu'il avait bien d'autres préoccupations en tête.

Au début, ce ne sont pas mes collègues étrangers mais les responsables politiques français qui me considéraient comme une « Martienne » : « Mais d'où sort-elle ? » était certainement une question lancinante. Il fallait donc être plus travailleuse, plus disponible, plus accessible, plus souriante aussi. Je me souviens d'un entretien avec Michel Rocard qui était encore Premier ministre pour quelques mois.

Il m'avait demandé de passer le voir. Et, autour de la table basse transparente qui l'amusait tant car on y voyait de minuscules feuilles d'or en apesanteur, il me demande tout de go : « Alors, Anne, tu es au parti socialiste ? » Je lui réponds que non. Il semble estomaqué :

« Mais alors… tu n'es pas dans un courant ?

– Eh bien non, ni au PS ni dans un courant.

– Ah, une non-alignée, mais c'est extraordinaire, c'est génial, c'est formidable et tellement inattendu… »

Les visiteurs venaient voir le secrétaire général adjoint, surpris de ma simplicité et de ma spontanéité. La langue de bois n'a jamais figuré dans mes apprentissages. À peine trentenaire, j'apparaissais, comme un ovni, dans ce monde où les quinquagénaires font figure de jeunes. Ils allaient avoir bientôt d'autres raisons d'exprimer leur stupéfaction.

Le 15 mai 1991, dans l'après-midi, Édith Cresson est nommée à Matignon. Quelques heures auparavant, j'ai assisté à ce que l'on appelait les « déjeuners Charasse ». Conseiller à l'Élysée durant le premier septennat, devenu ministre du Budget de Michel Rocard, Michel Charasse avait pris l'habitude d'inviter, chaque mercredi, les collaborateurs du président de la République. J'y étais conviée, même si j'ai entretenu avec lui des rapports complexes : des élans de sympathie brouillés par un zest de jalousie, une louche de misogynie et un bouquet d'incompréhensions (Qu'est-ce qui me motivait ? Qu'est-ce que j'ambitionnais ? Est-ce que je fonctionnais vraiment différemment des autres ou était-ce un leurre ? Qu'est-ce que c'étaient que ces raisonnements cartésiens et souriants ?…)

Le déjeuner se résume en un grand cri : « À mort Cresson ! » Perfidies, quolibets, plaisanteries grasses sont au menu. J'en ressors atterrée. Si, dès le début, au sein même de l'appareil d'État, de bons « camarades » ont déjà décidé que sa nomination est une catastrophe absolue, ils auraient dû pourtant s'appuyer sur l'électrochoc politique que fut sa désignation : la première femme politique en France à la tête d'un gouvernement. Et c'est vrai qu'il y a eu dans les premiers temps un effet de surprise, de curiosité, mais pas d'hostilité. Les Français sont souvent dans ce domaine en avance sur leurs dirigeants. Mais c'est dans son propre camp qu'elle est d'abord rabaissée, ridiculisée, insultée. C'est de là que partent les traits les plus durs, les anecdotes les plus sordides qui nourrissent les rubriques confidentielles et les dîners en ville. Elle n'a pas pris la première décision que l'on a dit : « Elle n'est pas au niveau. Elle est sous influence. » Nous avons connu – et même récemment – des hommes politiques sous l'influence de leurs proches et, bizarrement, cela a été porté à leur crédit, comme la marque d'une grande humanité.

Je vais sans doute faire grincer quelques dents, mais peu importe ! Édith Cresson n'était peut-être pas la personne politique que je voyais pour occuper ce poste à hauts risques avant les législatives de 1993, qui s'annonçaient désastreuses pour la gauche en général et le parti socialiste en particulier, mais j'étais légitimiste. Et puis, je lui reconnaissais de vraies intuitions. Elle a été la première – et peut-être la seule – à comprendre l'enjeu fondamental qu'est la conquête de nouveaux marchés d'exportation pour nos PME. Elle a même créé en marge de son action politique un club, « France exporte plus ». Et c'était dans ce domaine une battante efficace.

Je ne nie nullement qu'elle ait prêté le flanc sur sa manière d'être ou d'aborder certains sujets. Mais son exécution politique a été immédiate et sans appel. Jamais un homme n'aurait subi ce qu'elle a subi. Jamais.

Je peux témoigner que François Mitterrand a vraiment essayé de l'aider, mais la pression était trop forte. Je me souviens de ses sorties sur l'homosexualité des Anglais et sur les Japonais, travaillant comme des fourmis, sur la chaîne ABC. Dans la tempête médiatique, le Premier ministre donnait l'impression de ne plus mesurer ce qu'était une parole publique. Ce qui paraissait stupéfiant pour quelqu'un qui avait derrière elle une carrière politique de trente ans.

Lorsque tombe la dépêche, nous sommes tous effondrés. François Mitterrand est au sommet de Londres en compagnie du Premier ministre japonais. La nouvelle sort juste avant la conférence de presse et l'on se demande : « Mais qu'est-ce qu'on va bien pouvoir dire ? » Et le président de la République ne la lâche pas, minimise l'incident : « Oh, c'est amusant, et puis ce n'est pas toujours entièrement faux. »

À plusieurs reprises, contre la droite mais aussi contre son propre camp, François Mitterrand lui réitère son appui jusqu'aux régionales et cantonales où la gauche enregistre une cuisante défaite électorale. Son départ est paru à ce moment-là évident. On notera juste, au passage, que d'autres Premiers ministres par la suite connurent la déroute électorale sans avoir à se sacrifier sur l'autel politique.

L'expérience se termine douloureusement et Pierre Bérégovoy entre à Matignon. Le moins que l'on puisse écrire est qu'il a entravé en permanence l'action d'Édith Cresson alors qu'il était ministre de l'Économie. Mais il y a chez lui un côté tellement désireux d'y arriver que cela peut le rendre émouvant. Il a rêvé de ce poste et multiplié les sacrifices pour y parvenir. Il a vu d'autres socialistes passer devant lui et douté : « Est-ce que ça sera un jour mon tour ? », me demandait-il. Et son tour est enfin venu.

Ces événements politiques m'occupent moins que les enjeux internationaux et les enjeux économiques et sociaux français qui deviennent cruciaux. Dans ces années 1990, ces années après la chute du mur de Berlin, il y a un grand chantier à mettre en œuvre : quelle Europe va sortir de ce séisme politique ? Comment va-t-on arrimer à la construction européenne les pays de l'Est, de l'Europe centrale et orientale ? Comment commencer à bâtir cette maison commune européenne tout en évitant que l'élargissement trop rapide ne permette plus l'approfondissement ultérieur ? L'adoption du traité de Maastricht n'est que la première étape d'un long processus.

Les États-Unis sont considérés comme la seule superpuissance et le gendarme incontesté du monde. Le modèle économique, lui, doit inéluctablement devenir… japonais. J'aime le Japon, sa culture, cette extrême tension entre une hypermodernité et une tradition ininterrompue, mais je supporte difficilement les donneurs de leçon et les experts qui nous expliquent doctement que le Japon est l'horizon indépassable de nos économies, et que Renault, Peugeot et Fiat feraient mieux de fermer leurs usines tout de suite, spontanément, plutôt que d'attendre le coup fatal qui ne manquera pas d'arriver du pays du Soleil-Levant. L'automobile japonaise va dominer le monde. Et, de manière plus globale, l'industrie japonaise va dominer le monde.

Aujourd'hui, alors que cette mode est passée, je pense qu'on sous-estime complètement le Japon par rapport à ce qu'il est et par rapport à ce qu'il peut faire.

Inversement, vous pouvez aussi remplacer le Japon par la Chine et vous avez les mêmes experts qui vous proposent le désarmement économique et politique unilatéral.

Les bouleversements géopolitiques s'accompagnent alors de grands changements économiques. Les années 1990 sont marquées par les premiers accords qui déboucheront sur la création de l'Organisation mondiale du commerce. Un des dossiers les plus difficiles en termes humains et politiques a été l'avenir de la Politique agricole commune. Née du traité de Rome, la PAC a été l'un des piliers de la construction communautaire. Fondée dans un contexte de pénurie alimentaire où l'Europe n'atteignait pas l'autosuffisance, elle est victime de son succès, entraînant dans ces années-là des surplus considérables, des dépenses budgétaires qui interdisent le développement d'autres politiques communes. Qui plus est, ce système de subventions aux exportations est vertement critiqué au niveau international.

La reprise des négociations du GATT nous prend de vitesse. Les Allemands souhaitent un compromis rapide et favorable à leurs exportations extracommunautaires vers les nouveaux marchés des pays de l'Est. Ils sont prêts pour cela à jeter par-dessus bord toute volonté exportatrice de l'Europe sur les marchés agricoles. Nous risquons donc de nous trouver face à l'obligation d'avaliser les décisions du GATT sur la question des subventions agricoles et de faire ensuite la réforme de la PAC pour y souscrire.

J'ai créé avec Thierry Bert, Serge Lafont, et Jean-François Boittin un petit groupe de quatre personnes décidé à proposer coûte que coûte une réforme de la PAC permettant de sauvegarder nos intérêts agricoles et qui surprendra nos amis et nos adversaires. Le ministère de l'Agriculture campe sur sa ligne Maginot alors que l'heure est à la guerre de mouvement.

Après de nombreuses séances de travail à Bonn et à Paris, nous sommes arrivés à la conclusion que nous pouvons davantage axer la PAC sur le marché en assurant aux agriculteurs un prix minimum pour leur production et en compensant le manque à gagner par des paiements directs aux producteurs.

Nous avons une réunion des ministres sur ce sujet à l'Élysée en présence de François Mitterrand et de Pierre Bérégovoy, ce qui était rarissime.

Chaque ministre parle à son tour, chaque ministre pense aux futures échéances politiques. Pierre Bérégovoy conclut sur la motion de synthèse après ce long et fastidieux tour de table : « Il est urgent de ne pas bouger. » Oh, c'est un immobiliste savant, intelligent, habile, mais c'est un immobilisme quand même.

À ce moment, François Mitterrand se tourne vers moi et lance : « Et vous, madame Lauvergeon, qu'en pensez-vous ? » Parler après les ministres ? Après le Premier ministre ? La situation est assez hallucinante. Et là, je me jette à l'eau et je dis vraiment ce que je pense, c'est-à-dire que si nous ne bougeons pas, nous risquons de nous faire coincer deux fois. Une première fois avec le GATT et une seconde fois avec la réforme de la PAC, et que nous allons y perdre notre chemise.

Les regards qui se tournent vers moi sont noirs. Je peux y lire : « Elle ose parler ainsi après ce que nous avons dit ! » Un long silence s'ensuit, rompu par François Mitterrand : « Je crois qu'elle a raison. »

J'ai envie de disparaître. Cette simple petite phrase me vaut par la suite des remarques acerbes : « Qu'est-ce qui vous prend ? »

Il me prenait que j'avais agi ainsi parce que j'estimais que c'était la meilleure des solutions pour la France et pour nos intérêts agricoles. Je n'avais aucune idée derrière la tête ni plan de carrière. Je n'en ai jamais eu. Ce qui faisait dire à mon mari : « Le problème avec toi, Anne, c'est que tu manques d'ambition. »

Effectivement, nous avons fait la réforme de la PAC. En une semaine, l'accord était conclu avec Bonn. Après quoi, forts de cet axe franco-allemand, nous l'avons vendu à l'Union européenne en quinze jours. Cette réforme a été tout d'abord vivement contestée par les représentants des organisations paysannes qui, quelques années plus tard, en ont reconnu le bien-fondé et la valeur ajoutée. Les négociations du GATT ont pu se dérouler dans un contexte sécurisé pour l'agriculture européenne.

La droite a largement remporté les législatives de 1993. Cette victoire a été ressentie comme un coup de massue. Une massue qui retomba une seconde fois, plus brutalement encore, avec l'annonce du suicide de Pierre Bérégovoy. À l'Élysée sonnaient des heures de fer.

J'accompagne François Mitterrand dans le train qui nous conduit à Nevers. Il est livide. La mort de l'ancien Premier ministre est comme une faille en lui qui n'en finit pas de s'élargir. J'avoue avoir eu très peur. Il fait et refait son discours. Il écrit, rature, reprend une phrase tout spécialement sur un bout de papier.

Ce papier, il l'a gardé sur son bureau. Bien en vue devant lui. Chaque fois que je posais mon regard sur le bureau, je voyais ce papier, placé en évidence. Et puis, au bout d'un an, il m'a demandé : « Si je vous le donne, est-ce que vous le prendriez ? » C'était là un étrange présent, mais j'ai acquiescé. Il me l'a donné et j'étais soulagée de la disparition de ce papier sinistre, très raturé, où était écrite la phrase fameuse : « Toutes les explications du monde ne justifieront pas qu'on ait pu livrer aux chiens l'honneur d'un homme et finalement sa vie. »

Ce que pressentait peut-être François Mitterrand, c'était que, au temps des chiens, allait succéder le temps des loups.

# 5

# Un fauteuil pour deux

*Puisque les évêques ont des courages de filles, les filles doivent avoir des courages d'évêques.*

Lettre de Jacqueline PASCAL
au GRAND ARNAULD.

Jusqu'à cette cohabitation, il était naturel qu'un politique, candidat à l'élection présidentielle, fasse campagne en s'assurant le soutien d'une partie de la presse, des élites, des parlementaires, des maires, du patronat, des principaux acteurs économiques et sociaux et des représentants des corps constitués. Mais, avec Édouard Balladur, quelque chose de nouveau venait de se produire : un homme avait mobilisé toutes ces forces et toutes ces énergies pour faire campagne afin de devenir Premier ministre.

C'est bien simple : la droite n'avait pas encore gagné que le nom de l'ancien ministre de l'Économie était sur toutes les lèvres, rive gauche comme rive droite. Dans les dîners de hauts fonctionnaires, on murmurait ce nom avec gourmandise, dans les déjeuners politiques, on le citait avec force respect. Au lendemain des législatives de 1993, la France se réveillait balladurienne et les Français n'en savaient rien encore.

Rien n'énervait davantage François Mitterrand, qui détestait se sentir piégé. Être obligé de nommer l'ancien ministre de l'Économie l'agaçait. Ce fut au point qu'il alla souffler sur les braises de vieilles ambitions : celles de Raymond Barre puis celles de Valéry Giscard d'Estaing. Peines perdues. La cendre des occasions manquées avait tout éteint. La droite était entrée en Balladurie comme les familles allaient à la messe à Fontainebleau ou Chantilly, en rangs serrés, certains pensant déjà aux futures agapes. Et que pouvait-on faire quand le premier des diacres était Jacques Chirac lui-même, persuadé de la loyauté de son ami de trente ans ?...

François Mitterrand s'amusa cependant à faire un peu traîner la nomination de l'homme tant attendu à Matignon.

Le jour fatidique, l'impétrant commençait à manifester une certaine nervosité. François Mitterrand m'avait proposé de l'accompagner pour voir une amie malade et nous avons longuement marché. Il était d'un calme olympien qui tranchait avec l'agitation de tous.

La gauche était groggy après le résultat des législatives. La droite, elle, exultait. Rien ne semblait atteindre François Mitterrand en apparence. Je le sentais néanmoins touché. Je me demandais comment le protéger. Des vicissitudes politiques, et aussi de leurs effets sur la bataille personnelle qu'il menait contre la maladie. Nous sommes rentrés à l'Élysée vers 18 heures et, seulement là, il a consenti à faire publier le communiqué annonçant la nomination d'Édouard Balladur au poste de Premier ministre.

Le soir même, ce dernier vint lui rendre visite. Tandis que François Mitterrand s'entretenait avec Édouard Balladur, le secrétaire général de l'Élysée, Hubert Védrine, et moi-même étions avec Nicolas Bazire, son directeur de cabinet, et Renaud Denoix de Saint Marc, le secrétaire général du gouvernement. Après règlement de quelques sujets, nous attendions patiemment que l'entretien se termine et nous regardions d'un œil la télévision qui passait *Les Bois noirs*, un film de Jacques Deray avec Béatrice Dalle dont l'intrigue sombre se passe dans un superbe château crénelé du Périgord. Au moment où l'héroïne se couche dans un grand lit à baldaquin, Denoix de Saint Marc se lève et pointe le poste : « Le lit de ma grand-mère ! » Le décalage entre l'énorme tension médiatique extérieure et cette remarque inattendue déclencha un fou rire général.

Le lendemain de son arrivée, Édouard Balladur m'a convoquée à Matignon. Et là, il m'a expliqué de sa voix à la fois confite et haut perchée que j'étais quelqu'un de formidable, d'intelligent, et que ma capacité d'anticipation, ma vision, ma stratégie devaient me pousser à attacher mon destin aux gens d'avenir et non pas à ceux du passé. Autrement formulé, le message était très clair : « Il y a un problème, vous m'en parlez. Il y a un sujet délicat, vous m'en parlez. Donc, à partir d'aujourd'hui, le chef, c'est moi. Vous m'avez bien compris... » Cette séance de recrutement me laissa sans voix. François Mitterrand représentait le passé. Tournons-nous vers l'avenir : Édouard Balladur... Là aussi, mes ancêtres nivernais vinrent à mon secours. Je feignis de ne rien comprendre. Et je dois dire que cela a fonctionné. En le quittant, j'ai bien senti que la morgue était revenue. « Finalement, se disait-il, cette femme n'est pas si intelligente que ça. Elle ne compte pas. »

J'eus tout de même droit à une séance de rattrapage au mois de mai. Il était venu voir le président de la République un samedi. Bien évidemment, François Mitterrand était en retard et j'ai donc accueilli le Premier ministre dans mon bureau. Nous devisions et, tout à coup, Édouard Balladur commença à faire la revue de détail du mobilier qui se trouvait dans mon bureau. Il avait été secrétaire général de l'Élysée sous Georges Pompidou et avait en mémoire la plupart des meubles. « Mais où est donc passé le meuble qui était dans cette encoignure ? », « Tiens, il n'y a plus la commode Louis XV ! » Les émigrés revenus de Coblence après le départ de Napoléon avaient dû avoir les mêmes réflexes. Chaque fois, je répondais invariablement et respectueusement : « Monsieur le Premier ministre, il faut demander au Mobilier national. Je ne sais absolument pas comment a été meublé, démeublé, remeublé ce bureau à travers le temps. »

« Ah, c'est ennuyeux », répondait-il toujours.

Ce petit jeu dura près d'un bon quart d'heure qui me parut long, avant qu'on en vienne à l'essentiel.

« Vous comprenez, chère madame… je pense qu'il faut réorganiser l'Élysée. J'y ai un peu réfléchi [le "un peu" était certainement de trop]. Par exemple, on devrait tenir le Conseil des ministres au premier étage, ce serait quand même infiniment plus pratique… » Et alors que le président de la République pouvait entrer à tout moment, Édouard Balladur m'a dépeint « son » Élysée. Il avait adopté le registre : « Ma petite cocotte, là si tu n'as pas compris, c'est moi le prochain locataire des lieux. » Et je lui répondais : « Ah, comme c'est intéressant ! », comme s'il me parlait d'un sujet parfaitement anodin alors que son imparfait du subjonctif masquait un grand cynisme. Pauvre Jacques Chirac qui croyait toujours, en ces mois printaniers, à la loyauté de son ami… Il eût été édifié en entendant les projets d'aménagement de l'Élysée par son ami de trente ans.

François Mitterrand finit par arriver, me tirant d'un embarras pesant. Mon récit ultérieur l'amusa beaucoup.

Je demeurais le « sherpa » du Président, mais le poste de secrétaire général adjoint était « réduit aux aguets ». Je me suis sentie brutalement déconnectée. Avant, je soutenais des projets, j'appuyais des ministres dans des arbitrages comme Hubert Curien sur le 1 % du budget pour la recherche. Jusque-là, le téléphone sonnait toute la journée. Il est durant les premiers jours de la cohabitation étrangement muet : se montrer à l'Élysée semblait être devenu compromettant.

Que faire quand le gouvernement est hostile ? Que faire quand le système de régulation est de plus en plus opaque, car je voyais bien qu'il y avait la place en Balladurie pour deux systèmes : un système officiel tellement convenable et un système nettement plus gris incarné par Charles Pasqua, beaucoup d'intermédiaires et d'officiers.

Des premiers échos paraissaient dans la presse pour dire que mon étoile avait pâli au profit de celle de Michel Charasse, revenu à l'Élysée. Ce dernier se faisait fort avec ses réseaux de traiter les conseillers plus ou moins officiels de Matignon comme Philippe Faure et les ministres, comme Charles Pasqua, pour gérer les nominations des préfets ou des magistrats à la Cour des comptes. Le conseiller du président de la République ne concluait-il pas son déjeuner en tirant sur un cigare offert par son ami balladurien : « De toute façon, François Mitterrand n'a pas de dauphin. Alors… » ?

Hubert Védrine traitait pendant ce temps avec Nicolas Bazire. Des petites phrases émaillaient les articles pour souligner la lune de miel que vivaient l'Élysée et Matignon.

Dans mon bureau se sont réunis les conseillers rétifs à l'autorité dominante, petit à petit sont arrivés les bras cassés qui traînaient, puis les éclopés du suffrage universel, puis les résistants à la balladuromania. Je n'avais pas beaucoup à forcer ma nature pour essayer de leur remonter le moral à tous, galvaniser les énergies et penser à l'avenir.

Cela finit par se remarquer de l'autre côté de la Seine. Matignon en prit ombrage.

Cela finit par provoquer un clash. Un jour, Michel Charasse est allé tempêter chez François Mitterrand : « Cela ne peut pas durer ! Le Premier ministre n'est pas content du tout, du tout… » Et d'expliquer que j'animais un foyer de résistance à l'Élysée. « Ça ne peut plus durer ! », a répété Michel Charasse.

François Mitterrand répondit : « Ah bon ? Il y a un problème ? »

Et l'ancien ministre de continuer sur le même registre : « Oui, il y a un problème : elle ne joue pas le jeu. Je suis, soi-disant, trop proche de Balladur et… » François Mitterrand remit Michel Charasse tellement sèchement à sa place que celui-ci, traumatisé et vert de rage, se précipita pour me voir : « Je ne sais pas ce que tu lui conseilles, mais tu t'embarques dans une voie sans issue : Édouard Balladur gagnera la prochaine présidentielle ! » Il s'entendit répondre : « Personne n'embarque François Mitterrand là où il ne veut pas aller. En ce qui me concerne, je ne vois pas Édouard Balladur président des Français. »

Pendant ce temps-là, Jacques Chirac continuait de sucer le « lait de l'humaine tendresse », comme écrivait Shakespeare, toujours persuadé que, le jour venu, le Premier ministre s'effacerait à son profit.

Le balladurisme était pourtant un tigre de papier. Les premiers signes de faiblesse sont venus avec les premiers signes d'agressivité. Ils vinrent de la droite du SAC (le Service d'action civique) et de ficelles que François Mitterrand ne connaissait que trop bien et qu'il détestait. C'étaient les coups de boutoir, coups d'éclat et coups tordus de Charles Pasqua. Les affaires sortaient avec un rythme de métronome.

Certaines avec succès, d'autres sans lendemain. Tout y passa. Y compris la vie privée de François Mitterrand avec la révélation de l'existence de sa fille, Mazarine, et de sa maladie dans les détails les plus sordides, sous la plume zélée de certains journalistes.

Les fautes de goût se multipliaient. Le Premier ministre et ses amis s'estimaient d'une autre essence. Durant les cérémonies des anniversaires des débarquements de Provence, à l'été 1994, Édouard Balladur se comporta comme le vice-président. Je vis François Mitterrand contenir sa rage.

J'avais encore dans l'oreille ces gens qui m'avaient expliqué : « Mais, tu comprends, Balladur a été secrétaire général de l'Élysée, le respect de la fonction présidentielle est dans son ADN. Il sera infiniment plus conciliant que d'autres. »

Dès ce moment-là, François Mitterrand se rapprocha de Jacques Chirac que je commençais à rencontrer.

J'avais vu plusieurs fois Nicolas Sarkozy. Il régnait sur le Budget et la Communication, deux pièces essentielles dans la machine de guerre mise en place. J'avais fait également la connaissance de Cécilia, puisque l'un n'allait pas sans l'autre et qu'il n'y avait pas un rendez-vous où elle n'apparaissait à la fin de l'entretien pour poser sur vous ses yeux magnifiques.

Avec moi, Nicolas Sarkozy jouait le jeu de la grande décontraction même si, très vite, il m'identifia comme étant celle qui n'était pas balladurisée. Il eut alors l'idée ingénieuse de m'envoyer à Bruxelles comme commissaire européen. Pour être honnête, cette perspective ne me déplaisait pas… mais cela supposait de partir fin 1994, avant la fin du second septennat.

Je m'ouvris au Président de ce projet du gouvernement, sachant qu'ainsi je le mettais à mal. Ma loyauté m'y obligeait.

La question de confiance me fut posée par François Mitterrand, un soir de juin. Il alla droit au but : « Il faut quand même que je nomme ce commissaire européen. Édith Cresson est candidate. Et vous, seriez-vous aussi candidate ? » Il ne me laissa pas le temps de répondre et il dit : « Oui, ça vaudrait mieux que vous partiez avant la fin de mon mandat. Je comprendrais très bien, ce serait assez logique que vous partiez… pour ce que je suis maintenant. » Évidemment, je m'entendis répondre : « Mais bien sûr que non, je ne partirai pas avant la fin de votre mandat. Je ne suis pas candidate… » Cette réponse fut un peu douloureuse mais je l'ai prononcée, sinon sans remords, du moins sans regrets.

À la suite de ce bref entretien, François Mitterrand me fit promettre le même jour d'écrire un livre sur lui. Je m'y engageai tout en soumettant cette promesse à la condition que l'ouvrage ne serait pas publié avant… vingt-cinq ans. Minimum.

En janvier de l'année 1995, je préparais le sommet du G7-G8. L'élection présidentielle devait avoir lieu avant ces sommets, mais le calendrier de préparation du sommet était clair : impossible d'attendre que le Président français fût élu pour commencer à négocier avec nos partenaires. J'élaborai une plate-forme républicaine commune susceptible de servir aux trois principaux candidats : Jacques Chirac, Lionel Jospin et Édouard Balladur.

Lorsque je contactai les équipes du Premier ministre sur ce concept, je sentis passer un froid sibérien. Comment pouvais-je avoir le culot d'en référer aux autres candidats puisque l'élection était déjà faite ? Je me souviens avoir entendu de grands sondeurs et des analystes subtils tenir des discours mirobolants sur la vacuité de l'élection présidentielle. Il y a prescription. Toujours est-il que l'on m'expliqua sans détour à Matignon que je n'avais vraiment rien compris. C'était le 15 janvier 1995. Je me dis, après ces coups de semonce, que, en cas d'élection d'Édouard Balladur, l'Argentine serait un pays peut-être encore trop proche pour que j'y puisse trouver refuge.

Je ne reviendrai pas sur les mois qui précédèrent l'élection présidentielle de 1995 et qui demeureront un cas d'école : comment une machine électorale qui avait à cœur de contrôler tous les rouages, tous les faiseurs d'opinion, comment un système fondé sur la séduction et l'intimidation se sont écroulés, tels des châteaux de cartes ? Je pourrais ajouter : comment la question sociale qu'Édouard Balladur et les deux Nicolas, Bazire et Sarkozy, n'avaient pas vue venir, s'est invitée dans les débats ? Ils avaient bien pensé à l'opinion mais ils n'avaient pas réussi à escamoter le peuple.

Nous sentions à l'Élysée combien il était nécessaire de faire des gestes forts pour répondre à cette demande. C'est pour cela que, au sommet de Copenhague, François Mitterrand avait été le premier chef d'État à proposer l'établissement de la taxe Tobin à un niveau international. À l'époque, cette annonce avait subi les sarcasmes du Budget piloté par Nicolas Sarkozy. Il faudra attendre quinze ans pour que l'actuel chef de l'État se rallie à cette idée.

Édouard Balladur, le « candidat naturel », disparut dès le premier tour.

Avec François Mitterrand, nous avions fait une sorte de compte à rebours triomphal des jours qui lui restaient à passer à l'Élysée : – 20, – 19, – 18... Il avait une double satisfaction ; celle de se dire : j'ai tenu jusqu'au bout, et aussi celle de se sentir délesté du poids du pouvoir. Je partageais à mon modeste niveau cette libération à venir. La nostalgie était là aussi, mais *moderato cantabile*. L'ambiance était légère et je peux dire presque festive.

Je m'étais rapprochée de François Mitterrand pendant la cohabitation. Parce que j'étais plus disponible, parce que j'avais ressenti d'instinct que nous allions être mis à rude épreuve et, enfin, parce que sa santé connaissait des hauts et des bas. Nous sommes devenus amis. Cette proximité était facilitée par le fait que, avec moi, son esprit pouvait aller « à sauts et à gambades », comme l'écrivait Montaigne, et faire le tour de « l'humaine capacité ».

J'avais lu que le général de Gaulle pouvait arrêter ses collaborateurs au milieu d'un champ en leur disant : « C'est quoi, ça ? », se gaussait de leur ignorance sur la luzerne et leur faisait un exposé sur la vigne et le maïs.

Je me souviens que, au sommet de Londres, en 1991, nous étions partis nous balader dans Green Park, et là vint l'interrogation sur les arbres. « C'est quoi, cet arbre ? » Cet instant fit la une du *Guardian* : « François Mitterrand s'intéresse aux arbres pendant que ses collègues prennent des cocktails. » Sur la photo, je ris. Dix minutes d'école buissonnière dans un sommet international. Je n'étais pas trop mauvaise sur le nom des arbres, sur la littérature du XIXe siècle, sur les dynasties des rois de France… Je parvenais à faire encore illusion quand nous abordions les papes et les antipapes en Avignon, mais j'étais aux abonnés presque absents sur les empereurs germaniques. Devant certaines réponses, faites au jugé, il s'amusait à me traiter d'énarque…

Ce que j'appréciais beaucoup chez lui, c'était sa capacité d'accélération. Il avait passé sa journée à travailler. Nous rentrions d'un sommet ou d'une rencontre bilatérale et atterrissions à 21 heures au Bourget. Et hop ! Il proposait de partir dîner avec tel ou tel comme s'il ne s'était rien passé avant.

Même malade, il était dans cette disposition d'esprit. Il passait un coup de fil : « Anne, cela vous dirait d'aller manger une omelette à tel endroit ? » ou « Je voudrais retourner voir ma maison natale après-demain, voulez-vous m'accompagner ? » Je trouvais ça « fun ».

J'ai aussi découvert à ses côtés l'importance du rituel. Il y avait les anniversaires des proches. Il y avait, bien sûr, Solutré, Dun-les-Places, l'Égypte… Il bâtissait une sorte de mémorial où prenaient place des personnes, des faits d'armes, des périodes heureuses ou douloureuses, des souvenirs. Il se réappropriait en profondeur des lieux où il avait vécu et où tant d'autres l'avaient précédé. En fervent lecteur de Lamartine, il savait combien ce parcours refait autour de Saint-Prix pouvait faire revivre le passé avec force. Il s'ancrait ainsi dans une histoire personnelle mais aussi dans une géographie prégnante. Mes aïeux n'étaient pas loin.

Il m'a également fait comprendre la valeur du temps, la dernière composante du monde de la relativité d'Einstein. Comme toute bonne scientifique, j'avais la certitude, avant de le rencontrer, qu'une décision, c'était une décision. J'ai appris qu'une décision n'était pas la même à l'instant T ou à l'instant T plus vingt-quatre heures. Et qu'il fallait non seulement trouver la bonne décision, mais aussi le bon moment pour l'appliquer.

J'ai découvert la retenue et non la dissimulation, la réserve et non le mépris. Je suis plutôt chaleureuse de nature, et plutôt empathique avec les personnes. Lui savait être d'une froideur de congélateur. Et, en même temps, il exerçait une empreinte sur les autres avec très peu de mots, une économie du langage, une force des phrases où chaque mot était soigneusement pesé.

Il avait son propre rythme que j'ai dû connaître et reconnaître. Je parlais beaucoup trop vite au début de nos entretiens. Il s'ensuivait invariablement un grand silence après. Il répondait lentement, je répondais très vite. Il a fallu que je ralentisse, que j'apprenne à écouter les silences. Que je crée mes propres silences.

La rhétorique était pour lui une science. Il goûtait les bons discours mais aussi les reparties, les mots d'esprit. Il savait vous envoyer parfois quelques vannes un peu sèches en tête à tête ou en petit comité. Vous pouviez à votre tour monter au filet lui renvoyer la balle. Les balles très sèches nécessitaient l'absence de témoin.

Je me souviens, quand il m'a désignée comme « sherpa », après m'avoir nommée secrétaire général adjoint, je lui ai dit : « Mais enfin, je vous rappelle que je ne suis pas inscrite au parti socialiste, que je n'ai aucune intention d'y adhérer et que je ne suis pas toujours d'accord avec ses politiques. » Il m'a répondu : « Est-ce que vous voulez dire par-là que vous êtes systématiquement en désaccord avec ce que je fais ?

– Systématiquement, non, ça, je ne peux pas le dire.

– Eh bien, cela me suffit. »

Quand j'y repense, et surtout quand je repense à la manière dont ont été traités durant ces cinq dernières années les collaborateurs de Nicolas Sarkozy, je me dis que je disposais d'une incroyable, d'une formidable liberté individuelle.

Je me rappelle l'arrivée de Jacques Chirac. Il faisait beau. Les fenêtres du premier étage étaient grandes ouvertes. Le nouveau président de la République était sur la terrasse et nous entendions Bernadette Chirac : « Ça ne va pas du tout, il n'y a pas assez de fleurs… Jacques, il faut des fleurs !…

– Oui, oui, Bernadette… »

Puis ce furent les adieux de François Mitterrand à la rue de Solferino. Je l'y avais accompagné. Je suis repartie en bus. C'était la liberté. Je me répétais sans cesse : « C'est fini et je suis entière. »

J'étais épuisée. Pendant cinq ans, on avait pompé mon énergie.

François Mitterrand m'avait utilisée comme force pour aller de l'avant. Par moments, il me piégeait aussi, il jouait avec moi et cela concernait le plus souvent sa maladie. C'était avant que je ne sache qu'il avait un cancer très avancé.

Début 1992, dans le feu d'une conversation, il commença à me parler du cancer des os. Il voulait savoir si c'était « extrêmement grave ou pas » et je répondis : « Bien sûr que oui, c'est très mal parti et, de plus, c'est particulièrement douloureux.

– Ah bon », avait-il dit avant de passer à un autre sujet.

*A posteriori*, je lui en ai voulu et j'ai fini par le lui dire : « Je ne faisais que me renseigner, plaidait-il, je voulais avoir l'opinion d'une personne neutre et d'une scientifique. » Que pouvais-je répondre à cela ? Que je n'étais pas médecin ?

Quand j'ai su, il m'a fait jurer que, si je détectais quelque chose de bizarre dans son comportement, dans sa manière de parler, il fallait que je le lui dise, quoi qu'il en coûte. « Vous me direz : "Il faut s'arrêter." Est-ce que vous le jurez ? » J'avais trente-trois ans, j'ai dit « oui, je le jure ».

# 6

# La bulle et les experts

*Zeus rend fou celui qu'il veut perdre.*

EURIPIDE, *Fragments*.

Lorsqu'il m'a reçue, Jacques Chirac a été étonné que je ne lui demande rien. J'avais presque l'impression, en refusant son aide, d'ébranler un de ses repères. J'avais fait mon travail et nous avions, avec mon successeur Jean-David Levitte, organisé une transition internationale inédite en France : nous avons participé tous deux, côte à côte, à certaines des préparations du sommet d'Halifax. Cela fit forte impression chez nos collègues.

Je ne comprenais pas pourquoi je devais recevoir une quelconque « récompense ». J'avais vécu ces cinq années comme une chance.

Je suis pourtant touchée de sa sollicitude. Jacques Chirac a toujours été bienveillant à mon encontre par la suite. Lorsque j'ai connu en 2006 quelques tensions avec Thierry Breton qui cherchait à atterrir sur Areva, il m'a assuré : « Mais enfin, Anne, je lui ai dit de se trouver un boulot, je ne lui ai pas dit de prendre le vôtre ! » Soyons juste : il y a dans son attitude aussi la certitude de s'inscrire dans les pas de François Mitterrand. Il décèle une continuité dans les présidents qui se sont jusqu'à présent succédé : un goût de la France et une forme d'empathie pour les Français.

Il a ainsi la conviction d'avoir été choisi par François Mitterrand et même d'avoir été élu parce que ce dernier l'avait voulu. Étrange. Je lui réponds : « Pardon, mais vous ne pouvez pas dire cela. Pas avec les parcours politiques que vous avez eus tous les deux. Rappelez-vous la première cohabitation !

– La première cohabitation ? Oh, Anne, vous exagérez, ce n'était pas si dur que ça », rétorquait-il.

Et il me raconte leurs échanges portant sur la littérature du XIXe siècle ou les bronzes chinois. La manière dont il revisite l'histoire me stupéfie.

Son épouse, Bernadette, me dit n'avoir rien changé aux appartements de l'Élysée, parce que l'âme de François Mitterrand est toujours là : « Mais oui, il y a les rayures de ses chaussures de golf sur les dalles blanche et noire de la petite salle à manger, on les a laissées, parce que, vous comprenez… J'ai juste changé les tuyauteries de la salle de bains, elles étaient vraiment très abîmées. »

Moi, la cartésienne qui n'ai aucun goût particulier pour le spiritisme, je suis étonnée de trouver ce penchant chez nos politiques. On se souvient de la fameuse phrase de François Mitterrand : « Je crois aux forces de l'esprit. » Elle a donné lieu, d'ailleurs, à un débat entre nous. Je me suis beaucoup battue – en vain – pour qu'il la supprime.

Rationnelle, je le suis – du moins je le pense – en acceptant de devenir associé-gérant à la banque Lazard. Je me dis : voilà une expérience qui me manque : il y a eu l'industrie, puis le gouvernement, voilà la possibilité de m'initier davantage au monde des fusions-acquisitions. Sur le papier, c'est parfait. J'ai l'heur de plaire aux deux associés phare de la maison de Paris que tout oppose : Antoine Bernheim et Bruno Roger. L'affichage de leurs dissensions et du peu d'estime qu'ils se portent m'étonne quelque peu. Est-ce rationnel de rejoindre un monde aussi divisé ?

Il y a dix-sept ans, la « Maison Lazard » était encore un symbole fascinant. Installée de part et d'autre de l'Atlantique, son histoire se mêle à celui de notre pays ne serait-ce qu'en raison du rôle central qu'elle joue pour soutenir le franc au lendemain de la Grande Guerre.

Je pars pour New York où je reste six mois. Felix Rohatyn, l'associé-gérant, vedette (il est entré dans la banque comme stagiaire à l'âge de vingt ans), me prend sous son aile. Il est une figure du parti démocrate et, dès cette époque, Rohatyn me met en garde contre les visions à courte vue des banquiers d'affaires. Ne craignant pas d'indisposer ses pairs, il se prononce pour une intervention de l'État afin d'éviter les risques de dérapages financiers. Il prêchera dans le désert sur le plan économique mais, à son contact, j'apprends beaucoup sur les fusions-acquisitions.

Les associés travaillent sans compter mais ils mènent aussi ce que l'on appelle « la belle vie », souvent illustrée par des week-ends à Long Island, avec les plages étincelantes et les demeures de prestige sur la Gold Coast. J'en use avec une grande modération, même si certains lieux sont proprement fitzgéraldiens. Le mot « trop » me vient à l'esprit quand je pense à ces tableaux de genre qui illustrent encore le rêve américain. Je retrouve avec plaisir mes amis dans l'administration Clinton. La fidélité est au rendez-vous. J'aurai la même bonne surprise dans d'autres pays.

François Mitterrand me téléphone régulièrement. C'est le matin pour lui. Son appel tombe souvent pendant un déjeuner de travail. Qu'importe ! Il reste prioritaire… Lorsqu'il m'appelle au numéro de la banque, il commence toujours par s'excuser comme s'il allait me compromettre !

Je me fais bientôt une joie de sa visite aux États-Unis. En octobre 1995, George Bush père a décidé, pour assurer le lancement de sa bibliothèque, de convier les anciens dirigeants du G8 à Colorado Springs pour un sommet exceptionnel : Margaret Thatcher, Brian Mulroney, Mikhaïl Gorbatchev… Je vais accueillir François Mitterrand à la passerelle du Concorde à New York JFK et l'accompagne à Colorado Springs *via* Denver. Sa volonté transcende les distances et le décalage horaire. Je le trouve néanmoins amaigri et très fatigué.

Ce « sommet » se tient dans une atmosphère détendue et bon enfant. Je constate, au passage, que Margaret Thatcher a une vraie affection pour François Mitterrand. Simplement parce qu'il l'a respectée en tant que femme et en tant que leader, ce qui n'était pas forcément le cas des autres. À cette occasion, l'ancien Premier Ministre anglais lui raconte que lors de sa première rencontre avec Helmut Kohl, celui-ci lui avait montré… les rideaux de la Chancellerie. Machisme ordinaire des années 1980.

Leur opposition idéologique était frontale, mais il y avait, je le redis, beaucoup de respect entre eux. C'était assez irréel de les voir ensemble, sans enjeu. L'absence de pouvoir n'avait pas enlevé l'autorité naturelle qui émanait d'eux.

Six mois après, je reviens à Paris. La France et les douceurs de ses paysages me manquaient. En revanche, si la banque Lazard de Paris apparaît plus petite, l'ambiance qui y règne n'est guère conviviale, chaque associé est en concurrence avec son voisin de bureau. Je fais très vite mieux la connaissance d'Édouard Stern qui est… le gendre du président de la banque Lazard, Michel David-Weill. Ce dernier a l'idée d'en faire, un jour, son dauphin. Nous sommes alors les deux seuls jeunes associés-gérants de cette vénérable institution où la moyenne d'âge dépasse les soixante ans. C'est peut-être la seule chose que nous avons en commun.

Descendant d'une lignée de banquiers, Édouard Stern est un homme très pressé et très riche. À vingt-trois ans, il a évincé son père, Antoine, de la banque familiale, alors au bord de la faillite, avant de la revendre. Les opérations qu'il aime mener sont des raids, des opérations hostiles qui suscitent à la fois l'admiration et l'effroi des banquiers français. Au départ, les relations sont agréables. Notre premier déjeuner a pour cadre le restaurant Flora Danica sur les Champs-Élysées. Je prends des crevettes en entrée. Que n'avais-je pas fait !

« Des crevettes ? Mais tu ne te rends pas compte, me lance-t-il, c'est plein de cholestérol…

– Les crevettes ?

– Parfaitement. Ta durée de vie va être abrégée à cause de ces crevettes. Tu devrais prendre autre chose. »

Je ne peux plus manger une crevette sans penser à Édouard Stern. Si seulement il ne s'était préoccupé que de mon cholestérol !

Avant de rentrer chez Lazard, l'offre m'avait été faite de travailler chez Pechiney. Je n'y étais pas allée mais le président de Pechiney, Jean-Pierre Rodier, m'avait dit par la suite : « Anne, je vais restructurer mon conseil d'administration, je voudrais que tu en sois. Édouard Stern veut y entrer. Il n'en est même pas question. En cas de coup dur, je ne peux pas lui faire confiance. » Je lui oppose que cela risque de contrarier une personne à qui rien ni personne ne semblait devoir résister. « Je te le redis. Ce sera toi ou personne de Lazard. »

Comme je le fais dans ces cas-là, je décide de prendre le taureau par les cornes et d'en parler sans tarder à Édouard Stern. Fatale erreur.

J'ai droit à une séance hallucinante dont je me souviens encore. Il me menace. Non pas au figuré, non. Il me menace physiquement. Il était très grand. Je suis assise et je m'attends à être frappée. Eût-il employé la méthode douce – « Anne, écoute, ce sont des salauds. Je suis vraiment maltraité. Personne ne me comprend ; je t'en supplie, n'y vas pas » –, peut-être me serais-je laissé émouvoir. Mais non. Il vocifère et me menace.

Qu'est-ce que je peux faire ? Soit je me couche et à ce moment-là, de toute façon, c'était terminé pour moi. Un peu, j'imagine, comme dans les prisons. Soit je tiens bon. Je lui réponds : « Écoute, Édouard, je suis désolée pour toi, ce qui arrive est peut-être injuste mais voilà, il n'y en aura qu'un et s'il n'y en a qu'un, ce sera une ! Ce poste n'a pas de visibilité. Personne ne saura rien. Tu auras d'autres opportunités. » Aucun argument rationnel ne l'atteint.

Dès ce jour-là, j'ai commencé à vivre un enfer. Et ce n'est pas un hasard si j'ai comparé l'ambiance qui régnait à une prison. La violence des propos, des attitudes, des gestes ont atteint un tel degré que, pour la première fois de ma vie, je me suis surprise à penser : « S'il m'arrive un accident, ce ne sera pas un hasard. »

Il remua ciel et terre pour m'empêcher d'entrer à ce conseil d'administration. C'était comme si sa vie en dépendait. Pechiney refusa de changer d'avis. Il eut de violentes disputes avec Michel David-Weill. Le président de Lazard dut faire une mise au point dans *Le Figaro*, soulignant : « Les qualités professionnelles et personnelles de madame Lauvergeon ont apporté, depuis son arrivée dans la maison Lazard, une contribution appréciable et appréciée. »

C'était dantesque et, en même temps, sans le vouloir, Édouard Stern m'a rendu un grand service. Je n'étais pas faite pour ce métier. En dehors du cas Édouard Stern pourtant, à bien des égards, si symptomatique, je pense qu'il faut un rapport fort avec l'argent pour être un bon banquier d'affaires. Aller me battre pour un projet, oui ; pour un contrat, oui ; pour une entreprise, oui ; j'ai eu beaucoup plus de mal pour une commission.

À son corps défendant, Édouard Stern a accéléré considérablement ma carrière en annonçant partout que j'allais partir de chez Lazard. Ce n'était pas vrai mais c'était son souhait le plus cher et comme rien ne pouvait se mettre en travers de ce qu'il souhaitait…

Il portait la haine de lui-même en bandoulière. Il était très beau, très intelligent, très riche, il avait de beaux enfants, il avait tout ce qu'il voulait, ou presque. Et pourtant on sentait, on ressentait un désespoir qui était poignant. Un enfant pas aimé aux plaies non cicatrisées. Je n'ai jamais pu le détester.

Ce que j'écris là n'est pas une formule de style. J'ai une sorte d'infirmité : je n'ai pas de haine. Je n'arrive pas à haïr les gens. Je peux détester quelqu'un trente secondes, et encore, c'est un maximum. Je le plaignais. Oui, je le plaignais.

Ce qui me fascinait chez ce jeune homme brillant était qu'il refaisait les mêmes erreurs systématiquement aux mêmes endroits.

Il ne connaissait aucune limite.

Je quittai ce monde sans regret. Retour à l'industrie. Direction Alcatel. Le patron, Serge Tchuruk, qui a entrepris de réorganiser la société pour la recentrer sur les télécommunications, m'embauche en me glissant : « J'en ai assez de gérer cette entreprise tout seul, j'ai vraiment besoin de quelqu'un qui m'aide… D'ailleurs, il faut que je pense à la suite. » Je n'avais pas besoin de cet aiguillon. J'avais compris ce que valent certaines promesses dans le monde du pouvoir, particulièrement lorsqu'on parle de succession.

Serge Tchuruk m'a appris comment mettre une entreprise sous tension. J'appris les processus budgétaires, l'exigence continue. C'était un excellent stratège guidé également par une insatisfaction permanente. Il imposait une discipline de fer et des traitements individuels d'un genre un peu particulier. Il pouvait se mettre en colère à volonté. Il était fréquent que, au comité exécutif de l'entreprise, une équipe se prenne l'engueulade du siècle… ou plutôt de la semaine.

Mais il savait parfaitement doser ses effets et éviter de marcher sur certains pieds. Les miens furent épargnés.

Je préfère, en ce qui me concerne, le management sportif de l'exigence, mais dans le respect humain.

Nous sommes à la fin des années 1990. Les marchés ne veulent plus entendre parler des grands conglomérats industriels. C'est la mode du *pure player*.

Alcatel-Alsthom est alors le plus grand groupe de France. Un de ses plus beaux fleurons industriels. Mais les marchés ont décidé que les conglomérats étaient des dinosaures à faire disparaître. Il faut se mettre au diapason, il faut vendre, vendre les activités la plupart du temps rentables et garder celles qui ne le sont pas toujours. Ce que, au passage, les Allemands avec Siemens et les Américains avec General Electric se garderont bien de faire, renforçant même les conglomérats que nous connaissons aujourd'hui.

Nous sommes au début de la bulle Internet. Les gains promis aiguisent les appétits des investisseurs, provoquant des volumes faramineux d'émissions d'actions, d'emprunts et de crédits. Du coup, les valeurs boursières des sociétés de la « nouvelle économie » ne cessent de grimper sans lien avec leurs chiffres d'affaires réels ou leurs bénéfices. Seuls comptent le secteur et la croissance affichée. Les marchés, les analystes financiers, les banques, les intermédiaires qui se piquent d'expertise proclament que c'est le chemin à emprunter si Alcatel veut se dé-ringardiser.

J'assiste à cette énorme pression. J'ai commencé comme directeur général adjoint chargé des télécoms. Au bout d'un an, tout en entrant au comité exécutif du groupe, je suis chargée de tout l'international et de gérer les participations de l'entreprise en dehors des télécoms. Et le marché de réclamer : « Vendez ! Vendez ! » De l'autre côté, dès qu'une *start-up* pointe le nez, les mêmes exigent : « Achetez ! Achetez ! » Chaque fois qu'on rachète une *start-up* où il y a quarante ingénieurs qui ne font pas de chiffre d'affaires, le marché crie : « Bravo ! » Et pour peu qu'on la paie 1 milliard, là le marché crie au génie, et l'action monte, monte…

Je me dois de dire que Serge Tchuruk ne sent pas cette course folle. Mais tout le pousse à céder : les analystes, les jugements de la presse économique, la valeur de l'action, l'ensemble du système. Les activités du groupe réputées « *brick and mortar* » (brique et mortier) doivent disparaître. L'industrie, l'énergie, l'ingénierie sont des secteurs traditionnels, aux valorisations massacrées. Seules les télécoms sont appréciées.

Le réseau international du groupe est extraordinaire. Je prends goût au commerce. Vendre des réseaux téléphoniques en Chine ou au Chili, développer les relations avec les opérateurs télécoms, coordonner les équipes, les amener à la victoire, ou assurer ensemble quelques défaites. Mais à Paris, la pression monte. Après Alsthom, il faut vendre Framatome.

Du coup, je suis intéressée quand Lionel Jospin, Premier ministre, me propose de prendre la tête de la Cogema. Depuis deux ans, j'ai réappris à me familiariser avec le petit monde du nucléaire puisque Alcatel a une participation dans Framatome, le constructeur de chaudières nucléaires. Seul problème à mes yeux : je connais bien son président, Jean Syrota. Je ne veux pas être candidate contre lui.

Je pars à ce moment-là à Rome pour Alcatel. J'ai une réunion le lundi. Je décide de partir deux jours plus tôt pour musarder dans les ruines et les musées. J'ai oublié mon téléphone portable au bureau[1]. Quelqu'un me l'apportera le lundi. Ce jour-là, Matignon parvient à me retrouver. Dominique Strauss-Kahn réitère sa proposition : « Quoi qu'il arrive, il va atteindre la limite d'âge. On ne renommera pas Jean Syrota. Il faut sauver la Cogema, c'est l'entreprise la plus détestée de France. Il faut y aller. On a besoin de toi. »

Ce que DSK et Matignon « oublient » de me dire est que la raison est aussi politique. Nous sommes à la fin du mois de juin 1999, les élections européennes ont eu lieu avec une percée des Verts qui dépassent la barre des 10 % des suffrages. Une partie de la campagne des écologistes, relayée par la ministre de l'Environnement, Dominique Voynet, a été construite autour de la dénonciation du nucléaire et notamment de la Cogema qui fait figure de citadelle assiégée.

Je prends une semaine pour réfléchir. Les avis de beaucoup sont plus que réservés. Pourquoi quitter un groupe puissant dans un secteur « à la mode » pour rejoindre une entreprise repliée sur elle-même dans un secteur sans avenir ? Je dis oui, à ma propre surprise. Je sais gré à Lionel Jospin et à Dominique Strauss-Kahn de leur confiance et à Jacques Chirac d'avoir approuvé.

1. La liste de mes distractions est assez longue. Celle qui a remporté le plus grand succès comique : deux chaussures marron de deux paires différentes portées un jour entier sans que je m'en avise.

Dès mon entrée en fonction, je demande un état des lieux. Il y a une crise aiguë de communication. Les précédents dirigeants n'ont pas vu venir le changement d'état d'esprit de cette fin de siècle. La Cogema, comme l'ensemble de la filière nucléaire, vit en circuit fermé et dans la plus totale opacité. L'opinion publique s'est cristallisée notamment autour de l'usine de retraitement de La Hague, accusée de balancer d'horribles produits toxiques en mer qui auraient provoqué des leucémies chez les enfants de la région. Ce sont des accusations extrêmement graves.

Durant le mois de juillet, je visite les différents sites. Je rencontre Dominique Voynet. C'est la première fois qu'un président de la Cogema se rend au ministère de l'Environnement. D'ailleurs, cette nouvelle « d'importance » est même annoncée à la télévision.

Notre entrevue se passe très bien. Le premier contact est d'emblée direct, sans langue de bois. Elle ne l'a pas du tout joué : « Je suis la ministre », mais : « Moi qui suis antinucléaire. »

Nous nous sommes très vite entendues sur les sujets sur lesquels nous pouvions être d'accord et les sujets sur lesquels nous ne pouvions pas être d'accord. Je crois que nous avons fonctionné ensemble de cette façon durant les années qui ont suivi, en étant très honnêtes l'une envers l'autre.

Je continue mon état des lieux : le dialogue social me rappelle celui que j'ai connu chez Usinor. Il y a beaucoup de chantiers à ouvrir. Je découvre qu'il n'y a pas de direction des achats ou qu'il n'y a pas de direction des systèmes d'information. Enfin, je confie à Robert Pistre un inventaire sur les cadres dirigeants, leurs analyses et ce qu'ils pensent de la situation.

Durant cette première période, j'ai essayé de faire mon miel de tout. Nous avons commencé à revoir complètement la procédure budgétaire pour créer une culture du résultat. Nous avons annoncé un certain nombre de chantiers. Nous avons installé des webcams à La Hague ; tout le monde se demandait ce qui se passait dans cette usine. Nous avons lancé une campagne de communication.

Ce dernier point était, encore une fois, iconoclaste. On m'avait expliqué qu'il ne fallait pas répondre aux journalistes, parce que c'était reconnaître qu'il y avait des problèmes. Contre toute attente, nous avons démarré cette campagne autour du slogan : « Nous n'avons rien à vous cacher. » Dans la campagne de publicité, une photo de camion transportant du combustible avec cette question : « Camion poubelle ou camion hypertechnologique ? » Au lecteur de répondre en allant voir sur le site. Nous tentons d'initier un nouveau rapport vis-à-vis de nos concitoyens.

Juste avant ma rencontre avec Dominique Voynet, un cadre dirigeant de la Cogema m'a fait une note pour souligner que le simple fait de rencontrer la ministre de l'Environnement et la dirigeante des Verts pouvait être mal interprété au sein de l'entreprise.

Les premiers mois de mon arrivée, une rumeur court sur mon compte. Je suis « une Verte » camouflée, qui a été mise en place pour tuer la Cogema.

Je découvre aussi par hasard une autre rumeur, alimentée par un cadre dirigeant ambitieux. Celui-ci s'attendait à être désigné comme président de la Cogema et l'avait largement annoncé. Cette attente ayant été déçue, il explique *urbi et orbi* mon arrivée à la tête de l'entreprise comme une situation provisoire. Je suis dans l'attente d'un poste de ministre. Sa nomination n'est que différée. Mes décisions sont donc vouées à s'effacer à court terme pour laisser la place aux siennes, seules légitimes.

Robert Pistre apprend cette mauvaise farce d'un responsable de l'entreprise dans un avion pour Cherbourg. Ce dernier lui confie : « Elle a l'air bien, Anne Lauvergeon, c'est vraiment dommage qu'elle s'en aille. » Amusé, Pistre lui demande : « Ah bon ? Elle s'en va ?

– Mais oui, lui répond la personne toute fière d'être informée, on nous a dit en interne qu'elle allait devenir ministre. »

C'est drôle maintenant. Sur le moment, j'avoue que j'ai moyennement apprécié la plaisanterie.

Ces périodes de démarrage sont épuisantes. Tout le monde vous regarde, tout le monde guette la moindre parole, surinterprète le moindre détail. Ces premiers mois ont été extrêmement denses. Je découvre alors que j'attends un bébé.

Le siège de la Cogema est à Vélizy, loin de tout. Les salariés viennent parfois après une heure de transport. Après un rapide sondage dans l'entreprise, je décide d'y ouvrir une crèche. C'est très pionnier de créer une crèche à l'époque, et beaucoup de cadres dirigeants masculins pensent que c'est un gadget ou une lubie. Mais avec la future arrivée d'un enfant, je pense aussi, atterrée : « Ils vont tous croire que j'ai fait la crèche pour moi… » Je comprends après la naissance d'Agathe que si je n'y mets jamais ma fille, je donne l'impression de la snober. Avec son père, nous trouvons la solution en y déposant Agathe une fois par mois. La crèche finit par devenir une fierté dans ce monde d'hommes, parce que c'est un monde d'hommes. Les hommes ont les postes importants et les femmes sont assistantes ou secrétaires.

Enceinte de six mois, personne ne s'en est encore aperçu. Je fais mon *coming-out* le jour de la sainte Barbe, qui est la fête du groupe. Je pense que je suis en plein acte manqué parce que je n'ai plus de voix, je fais mon discours sur l'état de l'union, c'est-à-dire l'état de la Cogema : Où allons-nous ? Comment ? Qu'est-ce que nous vendons ? À l'époque, nous avons commencé les grandes manœuvres pour devenir l'actionnaire industriel de référence de Framatome. Les salariés sont heureux que nous ayons pris à bras le corps le problème de La Hague. L'ambiance est plutôt positive. Et, à la fin du discours, je murmure, presque aphone, dans le micro : « Un heureux événement va se produire… » J'annonce la nouvelle. Silence total suivi d'un tonnerre d'applaudissements provenant de sept cents personnes. Je suis terriblement émue. La réunion terminée, certains dirigeants se répandent déjà dans les couloirs pour dire : « OK, elle a mené tout cela tambour battant, maintenant qu'elle va avoir un bébé, elle va se consacrer au bébé. On va pouvoir souffler… et reprendre le pouvoir. » Cela m'a fait sourire.

# 7

# Dessine-moi une entreprise…

*Ils ne savaient pas que c'était impossible, alors ils l'ont fait.*

Mark TWAIN

Dans la vie publique, il n'y a pas de pensée dominante, il n'y a que des esprits dominés. Cette tranquille certitude qui a toujours été la mienne s'est vérifiée avec le projet autour de Framatome, la première grande bataille industrielle qu'il m'a été donné de mener. La Cogema et Framatome étaient deux entreprises françaises fortes dans le domaine nucléaire et entretenant des rapports exécrables. Chacune considérait avoir un leadership naturel, sur lequel l'autre venait lui faire de l'ombre. Pour prendre l'avantage, je me montrai dans un premier temps ouverte.

La Cogema apporte les 50 % de sa branche « combustibles » à Framatome. En décembre 1999, la Cogema parvient, au terme de discussions épiques, à entrer ainsi dans le capital de cette entreprise à hauteur de 34 %. La logique est évidente car cette participation concrétise la proximité des métiers nucléaires exercés par les deux groupes. Trop logique. Certains s'émeuvent de ce qui pourrait à moyen terme clarifier l'organisation de cette activité et faciliter l'établissement et l'approfondissement de partenariats industriels et d'alliances internationales.

Le plus terrible est que cette inquiétude émane des dirigeants de Framatome eux-mêmes. Afin de contrer cette prise de participation, ils se tournent vers des conseillers qui ont de l'entregent, parmi lesquels Alain Minc. Ces derniers envisagent d'enlever tous les actifs et de faire en sorte que la Cogema se retrouve avec 34 % d'une coquille vide. Difficilement praticable !

Ils trouvent vite une échappatoire un peu plus intelligente qui s'appuie sur le fait que Framatome a deux activités : le nucléaire et la connectique. Comme je l'ai dit, nous sommes en pleine mode de l'Internet, même s'il suffit de regarder sérieusement ce qui se passe outre-Atlantique pour voir que la bulle spéculative liée à cette activité est sur le point d'exploser. Mais enfin, c'est la mode industrielle – car il y a aussi des modes dans ce domaine qui devrait être à l'abri des tocades et de l'éphémère. Nombreux sont ceux qui veulent se faire aussi gros que le bœuf, en donnant l'impression d'avoir approché leurs lèvres du saint Graal parce qu'ils sont les fournisseurs des fournisseurs d'Internet.

L'idée brillante est, à l'époque, de faire changer de nom de Framatome pour l'appeler Framatic (*sic*), de présenter son activité connectique comme principale et son activité nucléaire comme secondaire, vouée à terme à exister à l'état résiduel. Framatic est destinée, évidemment, à être privatisée. Maintenant que nous avons 34 % de Framatome, il nous faut être sûrs de son avenir.

Je connaissais assez bien le sujet de la connectique pour l'avoir étudiée chez Alcatel. Nous avions tous fini par être circonspects face à l'engouement pour cette activité. Au passage, l'entreprise star du secteur est alors Molex…, une entreprise que les Français apprendront à connaître à travers la fermeture de l'usine à Villemur-sur-Tarn. Il est regrettable que l'on préfère souvent, en France, écouter les experts en tout plutôt que les industriels. Nous avions beau plaider preuves à l'appui – il fallait une alliance des forces et des potentialités de Framatome, de la Cogema et de CEA Industrie, pour créer un grand pôle du nucléaire –, nous étions pris pour des ringards. Notre projet alternatif fut présenté comme archaïque, voire « stalinien ».

Il existe alors une injure chez les analystes financiers venue du monde anglo-saxon, qui consiste à dire qu'une entreprise est une *utility*, soit, *grosso modo*, une société de production d'énergie, considérée comme étant sans grand intérêt et sans attrait. La seule chose qui affole l'analyste est, en effet, non pas vos résultats mais votre taux de croissance ou, plutôt, votre taux de croissance anticipé dans l'avenir. Le reste n'est que détail. Le monde de l'énergie est un univers en croissance, mais lente et régulière. On ne montre pas de croissance à 30 % par an. Et la proposition de Framatic – *so* chic –

est de transformer une entreprise « lente » en une entreprise merveilleusement « sexy ».

Autant dire que la bataille qui s'engage est incertaine. Toute la direction du Trésor est en faveur de Framatome/Framatic et ne se prive pas de faire savoir en haut lieu que notre projet alternatif est « débile ». Par ailleurs, nous sommes en période de cohabitation et je devrais mettre ce mot au pluriel. Il y a beaucoup de personnes à convaincre : à l'Élysée où se tient Jacques Chirac, à Matignon où réside Lionel Jospin, à Bercy où officie Laurent Fabius et au ministère de l'Environnement où se trouve Dominique Voynet.

Il faut mettre en accord ces différents niveaux de décision quand, dans le même temps, Framatome multiplie les notes incendiaires avec le soutien de ses banquiers conseils.

Nous sommes partis avec un terrible handicap. Comme si nous faisions une course en sac. Malgré tout, nous avons mené une bataille de conviction. Et je pense que nous avons évité une très grosse bêtise à l'État français parce que, privatiser Framatome comme une valeur de la connectique alors que cela a fini par faire « pschitt » en 2001, cela aurait été une catastrophe industrielle majeure pour notre pays et pour tous les investisseurs, petits et grands, qui s'y seraient risqués.

J'ai essuyé durant cette période les premières vraies attaques personnelles relayées par les confidentiels, les échos, les rumeurs. Ils tournaient tous autour de la même idée : « Mais pour qui se prend-elle ? », « Elle est déjà patronne de la Cogema, elle peut s'estimer heureuse, qu'elle reste donc jouer dans sa cour… »

*A posteriori*, je me suis aperçue de l'importance de ces relais d'opinion. J'avais négligé cet aspect, contrairement à la partie adverse, qui a agité beaucoup des réseaux de la capitale. Convaincus de la force de notre projet, nous n'avions pas jugé utile d'embaucher ces consultants un peu haut de gamme, qui se promènent dans Paris, font du *buzz* en disant : « Oui, ce projet est intéressant, mais… », et le démolissent. Nous n'avions pas fait non plus appel à ces lobbyistes professionnels dont un des plus actifs fut ce banquier d'affaires bien connu, Philippe Villin, attiré comme une phalène par tout ce qui brille et qui était, à ce moment-là, chiraquien avant de devenir plus tard sarkozyste et de se présenter, sans doute demain, comme un « hollandais ». Invitant à tour de bras dans sa maison au bord de la Méditerranée, il fut, avec une constance rare chez lui, toujours contre la Cogema, puis contre Areva. J'ai trouvé amusant et curieux qu'il en soit depuis peu un des banquiers conseils.

Et pourtant, nous avons gagné parce que nous avions un bien meilleur projet industriel, parce qu'il y avait un certain nombre de personnes courageuses qui nous ont soutenus et ont refusé de baisser les bras : Matthieu Pigasse, Patrice Caine, Christian Giacomotto, Jean-Pierre Jouyet, Christian Pierret, Jean-François Cirelli… Nous sommes arrivés à convaincre Laurent Fabius, puis Lionel Jospin. La difficulté était qu'ils en parlent tous les deux. Après plusieurs allers-retours, une réunion est programmée le 25 juillet à 19 heures. Ce jour-là, le Concorde pour New York s'écrase sur un hôtel à Gonesse. Tout le monde est sous le choc de l'horreur de la catastrophe. Tout le monde ? Pas tout à fait puisque, à l'annonce du report de la réunion, les attaques contre notre projet repartent immédiatement.

Il n'y aura pas de trêve estivale. Une nouvelle tentative pour se réunir en août est esquissée et échoue. Les adversaires continuent leur pilonnage. Là, je me dis : « On n'y arrivera jamais, on est maudit. » Finalement les choses commencent à bouger en septembre, la discussion remonte à l'Élysée et finit par déboucher en… novembre 2000.

Durant tout ce temps, il y a aussi un travail à mener en interne pour mobiliser les salariés de la Cogema. Dès les premiers jours, je prends l'habitude de m'arrêter chaque matin à un étage et d'entrer dans les bureaux pour saluer leurs occupants et parler avec eux. Au bout de quelques jours, le directeur de la communication, hérité de mon prédécesseur, me fait parvenir une petite note toujours tapée à la machine, qui me dit en substance que c'est une très mauvaise idée d'aller dire bonjour aux salariés de l'entreprise et que mon prédécesseur se gardait bien de le faire. Évidemment, je ne pourrais pas saluer tout le monde, j'allais donc créer des jaloux. Je n'ai bien sûr pas suivi son conseil. Si nous voulions être conquérants, l'entreprise devait cesser d'être un bunker, de se comporter comme une forteresse assiégée. Je fis de même dans les usines.

Et c'est vrai que, progressivement, les personnes ont montré qu'elles aspiraient à autre chose. J'ai vu naître un sentiment collectif de soulagement, presque de libération, puis de fierté devant ce que nous étions en train d'entreprendre.

Je ne compte pas les amis qui sont venus me voir à l'époque pour me dire que je prenais un risque personnel considérable, qu'il y avait une élection présidentielle en 2002, que personne ne savait qui allait la gagner, que je risquais d'être sur la sellette, que je devais m'écraser, me faire oublier, que c'était la meilleure façon pour moi d'être renouvelée.

Encore une fois, je n'ai pas suivi leurs conseils avisés. C'est sûr que l'opération de fusion était très compliquée parce qu'on ne pouvait pas fusionner directement les entreprises, qu'il fallait créer des véhicules intermédiaires, qu'il était nécessaire d'entamer une consultation sociale lourde afin que l'ensemble des salariés approuve le bien-fondé de notre stratégie.

En dépit de toutes ces difficultés, Areva, issue de la fusion de CEA Industrie, de Framatome et de la Cogema, est née le 3 septembre 2001. Pourquoi le nom d'« Areva » ? Nous sortions de la mode des X et Y, et des -US. Une procédure lourde est mise en œuvre. Là aussi, il y a des « spécialistes ». Et puis, au cours d'un dîner familial, puisque *Les Échos* ont écrit que la construction de la nouvelle entité industrielle a la rigueur et la simplicité des abbayes cisterciennes, nous commençons à jouer avec les noms d'abbayes. Les françaises portent des noms bien peu adaptés à une entreprise industrielle : Sénanque, Cîteaux… Nous nous arrêtons sur l'abbaye d'Arevalo, l'un des chefs-d'œuvre du roman mudéjar espagnol avec ses tours lanternes imitant celles de Salamanque. Nous découvrons ensuite que *arevo* signifie « soleil » en arménien. Cela nous semble de bon augure.

Et pour être sincère jusqu'au bout, il ne me déplaît pas que « Areva », avec sa première lettre de l'alphabet, soit placé au tout début de la liste des valeurs boursières. Cette proposition, insérée à l'aveugle dans la liste des noms sélectionnés, ressortit en première place sur la plupart des critères.

Les sceptiques envers le projet essaient de lancer le surnom du groupe : « Anne rêva ». Cela fait flop mais m'amuse beaucoup.

Quand le groupe se met en place, les gens de la direction du Trésor sont persuadés que ce projet-là est un « machin » voué à mourir, que nous allons nous écraser sur les récifs en quelques mois. Ils ont en tête le précédent de Thomson-CEAI qui a duré moins d'un an. Nous avons partout bien travaillé en amont pour cimenter l'édifice qui repose sur deux entités rivales, la Cogema et Framatome, et apaiser les tensions. Nous avons choisi trois personnes respectées, chacune dans leurs sphères d'activité. Nous les avons appelées, entre nous, les « maçons ». Pendant six mois, ils ont préparé les structures à mettre en place avec dans l'idée d'organiser le maximum de passages entre les différentes entités. Le but était d'échanger les expériences et les postes, tout en gardant, bien sûr, les technicités, afin de créer, dès le démarrage d'Areva, des ponts permettant l'éclosion d'une culture d'entreprise commune.

Nous devions avancer en nous gardant de nous précipiter alors que, à côté de nous, on continuait à faire le compte à rebours des mois qui nous séparaient de l'élection présidentielle de 2002. Notre force fut que nous avons su imposer notre propre rythme. Avec Gérald Arbola, Philippe Knoche, Jacques-Emmanuel Saulnier et bien d'autres, il nous a fallu tout orchestrer. Les équipes financières se sont mises en place pour fondre les processus. La Direction de la stratégie fut annoncée pour penser global… et ainsi de suite, jouant des synergies et poussant le nucléaire à une échelle jamais atteinte. Dès 2003, l'érosion du chiffre d'affaires fut enrayée et en 2004 commença la croissance forte.

Dans un premier temps, le holding s'appelle Areva et les filiales en dessous conservent leurs noms : Cogema, Framatome, FCI…

À partir de 2003, les salariés et les dirigeants de ces entités poseront eux-mêmes la question : « Mais enfin, pourquoi, nous, on ne s'appelle pas Areva ? » Pas un déplacement, pas une réunion où un bras ne se lève puis une voix exprimant la même demande : « Nous, on ne veut plus s'appeler Framatome, on ne veut plus s'appeler Cogema, on est Areva. Pourquoi ne dit-on pas Areva pour tout le monde ? »

En interne, ce nom était devenu synonyme de fierté. Les salariés se l'étaient approprié. Nous avons fini par procéder à une consultation générale.

C'était un choix clair, une adhésion au projet que nous cherchions.

Je voudrais juste m'attarder sur ce point. On cite souvent la phrase de Jean Bodin qui fut un grand humaniste de la Renaissance mais aussi un théoricien de l'idée d'État : « Il n'est de richesse que d'hommes. » Je ne suis pas persuadée qu'on la comprenne vraiment. Elle a tout son sens dans le monde de l'entreprise qui est, pardon de donner l'impression d'enfoncer une porte ouverte, une communauté d'hommes et de femmes. La grande aventure industrielle que nous avons mise en place n'aurait jamais pu voir le jour sans les dirigeants mais aussi, plus largement, tous les salariés qui l'ont portée.

Jusque dans ces années, le nucléaire n'était pas du tout attractif. Aller travailler chez Cogema ou Framatome, ce n'était pas très sexy pour un jeune qui y voyait, d'abord, des mondes qui avaient beaucoup vieilli. Normal. Il n'y avait pas eu de recrutements durant quinze ans. Lorsque vous étiez jeune dans ces entreprises, on ne vous faisait guère confiance et l'on tardait à vous donner de véritables responsabilités en prétextant votre âge. Par ailleurs, vous étiez considéré comme « vieux » très vite. À partir de cinquante-cinq ans, vous n'aviez plus vraiment de promotion puisque de toute façon vous partiez à la retraite. Ainsi, la tranche « utile » pour l'entreprise était celle des « 45-55 », ce qui, bien évidemment, concernait peu de gens.

Nous sommes partis de l'idée que la valeur n'attendait pas le nombre des années. Il y a des jeunes enthousiastes et compétents ? Formidable ! Il faut tout mettre en œuvre afin de les promouvoir beaucoup plus vite. Dans le même temps, nous avons mis en pièce le racisme antivieux. Vive les seniors ! Quel sens cela avait-il de prétendre que l'évolution de votre vie professionnelle s'arrêtait à cinquante-cinq ans ? Vous étiez bon ? Vous pouviez rester si vous le souhaitiez bien après soixante-cinq ans. Nous avons fait éclater les problèmes de rigidité d'âge. Et, encore une fois, cela a été assez facile en dépit de tous les avis qui me conseillaient de ne toucher à rien « puisque-l'on-avait-toujours-procédé-ainsi ». Quand vous arrivez dans une entreprise, il faut arriver avec peu de personnes. C'est ce que j'ai fait en venant avec Annie Bergerioux, mon assistante, et Jacques-Emmanuel Saulnier qui est devenu un formidable directeur de la communication. Les dirigeants qui arrivent avec ce qu'ils imaginent être des équipes commando (qui ressemblent plutôt à la Horde d'Or), qui changent tout le monde, qui coupent les têtes et qui ne trouvent des qualités qu'aux gens venus de l'extérieur, n'ont rien compris. Ce sont de bien piètres capitaines qui n'auront réussi qu'en un temps record à désespérer toute une entreprise. Nous avons essayé de faire grandir les personnes. Nous avons créé la mixité en faisant cohabiter des profils différents, des logiciels différents. Au début, ce pari était difficile à tenir. Certes, Areva nous a permis d'avoir une base large mais, en même temps, nous étions cruellement en déficit de cadres dirigeants. Chaque fois que quelqu'un partait en retraite, nous avions un problème parce qu'il n'y avait pas forcément de relève, les gens n'avaient pas été préparés !

Plus tard, quand l'entreprise est apparue comme un employeur de référence, nous avons pu de nouveau recruter et choisir des profils très divers. Changer le dialogue social, créer la confiance fut un autre chantier où excella Philippe Vivien, le directeur des ressources humaines que j'avais repéré chez FCI (la division « connectique » de Framatome).

Nous avons aussi essayé de faire évoluer les mentalités. Car, s'il est vrai que l'entreprise est une communauté d'hommes et de femmes, il est tout aussi vrai que cette communauté ne vit pas hors du monde, elle s'enracine dans un environnement économique, bien sûr, mais aussi social, sociétal et politique. C'est encore plus vrai quand vous êtes dans le domaine nucléaire. Jacques-Emmanuel Saulnier et Alain Bucaille, ancien directeur général d'Hermès, nous y aidèrent grandement, chacun dans leur genre.

Qu'est-ce que les gens ont en tête quand ils entendent les termes de « déchets nucléaires » ? Nous avons découvert qu'ils pensaient à une sorte de magma qui fait « blop blop blop blop ». Or, quand on évoquait la question des déchets, nous parlions d'enfouissement. Chaque fois que nous disions : « Non, ces déchets ne remonteront pas. Ils sont enfouis », nous tenions la phrase la plus anxiogène qu'on puisse imaginer : l'opinion publique voyait, bien au contraire, ce magma remonter à la surface en faisant « blop blop blop blop ». Une image digne des films catastrophes.

Nous avons dû faire beaucoup de progrès nous-mêmes pour venir à bout de ces phobies. Nous devions entreprendre une révolution culturelle pour accepter de débattre avec tous ceux qui étaient critiques. Les condamner, les dénoncer, les mépriser n'aurait servi à rien. S'il y a une grande leçon que m'a apprise François Mitterrand, c'est que l'on ne choisit pas ses opposants. Et, de fait, nous n'avions pas à émettre un jugement sur ce qu'ils pensaient.

L'intérêt de la discussion et de l'explication est que vous vous rendez vite compte qu'il n'y a pas, d'un côté, uniquement les fondus du nucléaire, les convaincus et, de l'autre côté, uniquement les fondus de l'antinucléaire, militants et activistes. Non, l'immense majorité de nos concitoyens se situent entre les deux. Ils ont besoin d'en savoir plus, de comprendre et de voir.

Et puis, derrière la constitution d'une communauté, derrière le souci de replacer l'entreprise dans son environnement, il y avait un énorme travail managérial, sur les budgets et sur les résultats… La première année d'Areva, nous avons perdu de l'argent à cause de la connectique. Entre-temps, concurrence oblige, ce qui devait être la poule aux œufs d'or était devenu une maigre volaille déplumée : usine vide, pertes faramineuses…, bref, une entreprise en difficulté. Heureusement, sachant cela pour l'avoir vécu chez Alcatel, nous n'avions pas attendu pour mettre sur pied une restructuration industrielle qui allait durer deux ans.

Deux années durant lesquelles nous avons inventé notre premier concept social auquel je tiens beaucoup : le périmètre de solidarité. Lorsqu'une partie de l'entreprise, pour des raisons économiques, de marché ou autre, est obligée de faire un plan social, tout salarié visé devient, *ipso facto*, prioritaire sur les autres emplois du groupe. En pratique, cela signifie que nous avons transformé des salariés qui faisaient de la connectique en salariés qui ont fait du nucléaire. Bien entendu, nous avons financé leur formation et nous leur avons, surtout, donné leurs nouveaux contrats de travail avant cette formation en leur disant : « Vous allez y arriver : nous ne cherchons pas à vous balader d'une formation à une autre ou à vous orienter vers une voie de garage... »

Il y a aussi un concept remis à l'honneur avec la création d'Areva : la réindustrialisation et le refus de la fatalité. Une histoire parmi d'autres. En 2000, quand nous intégrons Framatome dans le périmètre élargi de la Cogema, se pose la question de l'avenir de l'usine de Saint-Marcel située dans un des berceaux de l'industrie française, la région du Creusot.

Cette usine fabrique des composants lourds pour centrales nucléaires, et EDF – l'unique client après l'équipement du parc français – ne passe plus que des commandes sporadiques. Le personnel et les techniciens de l'usine végètent dans une inquiétude permanente. Après une première visite sur place, je comprends que nous tenons un outil et un savoir-faire uniques qui demandent, telle la Belle au bois dormant, à être réveillés puis relancés vers la conquête de leur propre industrie.

J'ai refusé la décision de fermeture qui m'était proposée et j'ai fait le pari de transformer un arsenal en usine globale.

Dix ans plus tard, l'usine est toujours là, mais plus grande, avec deux fois plus de salariés et un chiffre d'affaires multiplié par trois. On y produit des gros composants industriels destinés aux États-Unis, à la Finlande, à la Chine ou à EDF et qui, à travers cette internationalisation, a pu garder son fournisseur national près de chez elle.

Globalement, pour Areva, le contre-pied de cette tendance au déclin industriel français s'est traduit par 26 000 recrutements en cinq ans, une recherche et développement puissante (10 % du chiffre d'affaires lors de mon départ en juin 2011) et 70 % des investissements en France, alors même que les marchés sont majoritairement à l'exportation.

Lorsqu'en 2004 nous reprenons à Alstom T&D, sa filiale spécialisée en transmission et distribution d'énergie, elle est en perte de vitesse – chiffre d'affaires et résultats sont en berne. Il y règne un climat social interne très dégradé. Il y a des conflits sociaux à répétition. Alors que nous sommes en Comité de groupe européen, une délégation de T&D demande à être reçue. Exceptionnellement, je demande une suspension de séance et je reçois les grévistes, à leur grande stupéfaction, dans une salle adjacente.

Un dialogue impromptu s'installe. Ils m'exposent leurs problèmes. Je leur réponds que nous allons examiner point par point leurs revendications. L'un d'eux s'exclame : « Vous nous dites ça, mais vous ne le ferez pas, et puis, de toute façon, on nous a raconté des tas de bobards, chez Alstom, ils parlent, ils promettent et rien ne vient… » La présidente du Comité de groupe européen, Maureen Kearney, prend la parole et dit : « Non, non, non, vous savez, moi aussi, je pensais comme vous au début, mais eux, ils font ce qu'ils disent. » Il n'y avait rien à ajouter. C'était l'expression concrète de cette confiance que nous nous étions attachés à créer. Nous avons examiné les doléances des salariés de T&D. Je ne leur ai jamais doré la pilule pour autant. C'était un peu comme avec Dominique Voynet : mettre à plat nos accords et nos désaccords puis trouver des moyens d'avancer. Avec T&D, nous avons eu un gros problème au démarrage. Des restructurations étaient nécessaires. Au lieu d'imposer un plan, nous avons partagé ensemble le diagnostic sur l'état de l'entreprise. Nous avons travaillé avec un expert, nommé par le syndicat. Ensuite, nous avons également partagé les solutions. Je ne prétends pas que toutes les solutions adoptées avaient leur aval, mais nous n'étions pas dans l'arbitraire ; nous étions dans un projet construit, normé, avec un plan que nous avons déployé et développé en les faisant participer à toutes les étapes. Au bout du compte, notre diagnostic partagé était le bon. Le marché est reparti. Aujourd'hui, après tout ce travail et ces efforts effectués, T&D est dans une situation florissante. Si florissante même que, en 2009, Alstom a obtenu de l'Élysée de la racheter ! L'entreprise était passée de 3 à 5 milliards d'euros de chiffre d'affaires, avait embauché 15 000 personnes dans le monde, redéveloppé les bases industrielles françaises, tout en devenant extrêmement rentable.

Plutôt que de donner à Areva l'augmentation de capital demandée depuis 2003, et suffisante pour son développement, le verdict de l'Élysée fut de vendre T&D. Cette amputation était-elle la première étape du démantèlement d'Areva ?

Alstom n'ayant plus les moyens financiers de ses ambitions, T&D fut coupée en deux, l'autre moitié partant chez Schneider Electric. Chez ABB et Siemens, ces grands concurrents, on sabla le champagne à cette annonce.

La vente par appartement de T&D présageait-elle du dépeçage ultérieur d'Areva ? Quelle était donc la politique « industrielle » à l'œuvre ?

# 8

# Mes joies, mes ennuis, mes emmerdes

*Selon l'opinion des hommes éclairés, il n'y a que la médiocrité qui ne soit pas exposée à l'envie.*

BOCCACE, *Le Décaméron.*

La présidentielle de 2002 a agité non seulement le monde politique, mais aussi le monde économique. Et ce n'est pas toujours le meilleur qui remonte dans ce cas à la surface. À cette époque, trois personnes nommées par le gouvernement Jospin sont à la tête de grandes entreprises publiques de l'énergie : Pascal Colombani au Commissariat à l'énergie atomique, proche de Claude Allègre ; François Roussely à EDF, proche de Pierre Joxe ; et moi-même chez Areva.

Le mandat de Pascal Colombani arrive à échéance en décembre de cette année-là. La défaite de Lionel Jospin sonne le glas de ses espoirs d'entamer une carrière ministérielle. Il pense, à juste titre, que son mandat ne sera peut-être pas renouvelé. Germe alors dans son esprit une curieuse et furieuse idée qui consiste à proposer la présidence d'Areva, dont il préside le conseil de surveillance, à... Gérard Longuet. Le calcul est le suivant : Gérard Longuet qui ne peut pas être ministre de Jean-Pierre Raffarin demeure un des acteurs importants de la nouvelle majorité présidentielle. Il faut lui trouver une place : en lui proposant la mienne, Pascal Colombani espère qu'il détournera l'attention et qu'il sera reconduit dans ses fonctions.

Je deviens, en moins d'un mois, la femme de trop dans ce futur triumvirat.

Cogema, puis Areva, est la seule entreprise nucléaire à avoir non seulement provisionné tous les besoins de démantèlement futurs, mais aussi à avoir mis de côté les actifs financiers pour y faire face. Nous disposons pour ce faire d'un fonds interne qui a investi principalement en actions dans de grandes entreprises françaises.

Historiquement, mon prédécesseur avait investi dans Sagem en achetant 5 % de l'entreprise. Il a été bien inspiré puisque la société, après une crise grave, connaît un nouveau dynamisme en se recentrant sur deux secteurs : les télécommunications et la défense. On nous propose d'investir plus. J'avais refusé en 2000, pressentant la fin de la bulle Internet. Deux ans plus tard, cette valeur est massacrée : nous souscrivons pour le compte du fonds de démantèlement. Areva achète 12 % pour un prix extrêmement intéressant. Et là, arrive une question qui est loin d'être innocente : « Mais pourquoi fait-elle ça ? Elle a forcément une raison cachée... » La raison est que nous y voyons un bon investissement pour le groupe, à long terme. Cela sera le cas. Areva en sortira avec des plus-values significatives.

Le patron de la Sagem est Grégoire Olivier. Nous sommes de la même promotion à l'École des mines. « Mais bon sang, mais c'est bien sûr ! », disait Raymond Souplex en frappant dans son poing. « Ils sont proches, très proches. Elle est sa maîtresse. » La rumeur enfle, entretenue... Je vois enfin Gérald Arbola, le numéro deux du groupe, et le directeur de la communication d'Areva entrer dans mon bureau, prendre leur courage à quatre mains pour me dire : « Bon, il faut que l'on vous dise quelque chose. Une rumeur court... »

C'est la première campagne que je subis. Il y en aura d'autres, tout aussi infondées, sur mon salaire par exemple, alors que, en tant que femme, je suis moins payée que tous mes collègues hommes du secteur concurrentiel. J'en ai vu énormément avec François Mitterrand, mais quand on voit s'abattre sur sa propre tête de telles campagnes, cela donne le vertige. Jacques Pilhan, l'ancien conseiller en communication de François Mitterrand puis de Jacques Chirac, avait une formule parfaitement juste pour désigner ce phénomène. Il parlait d'« orage médiatique ». Sauf que, dans cet orage-là, il n'y a pas d'abri possible.

Finalement, une mission de l'inspection des finances démontre que l'achat des actions de la Sagem s'est passé de manière impeccable et que le salaire de la dirigeante d'Areva n'a rien de mirobolant. Malheureusement, ce rapport est classé secret.

C'est-à-dire que toutes les attaques étaient publiques mais la réponse à ces manœuvres indignes devait demeurer dans un coffre ! Quel soulagement à sa publication dans les pages économie du *Figaro*, les pages roses qu'un jour Édouard Balladur avait appelées « les pages homard » !

L'offensive s'est arrêtée net. Pascal Colombani a été remercié à la fin de l'année et Gérard Longuet est venu me voir un jour pour me dire qu'il ne voulait plus être président d'Areva.

Durant cette rentrée 2002, l'Élysée n'a pas soufflé sur les braises. Il est vrai que, outre mes bonnes relations avec Jacques Chirac, j'avais montré que l'on pouvait compter sur moi en période de crise. Je me réfère souvent à André Giraud, qui m'avait raconté son expérience professionnelle et politique quelques mois avant de mourir. Il était directeur des carburants en Mai 68. Il n'y avait plus rien, plus d'État, plus d'autorité, plus de hauts fonctionnaires, plus d'instances de décision ou de régulation. Plus rien. Et j'ai découvert en mars 2001 que, oui, il pouvait ne plus rien y avoir.

De quoi s'agit-il ? Le 15 mars 2001, le navire *Le Bouguenais* arrive à Cherbourg, venant d'Australie, avec un chargement de combustibles usés à recycler. C'est, de notre point de vue, une formidable avancée : cela signifie que l'Australie a choisi la solution française dans ce domaine.

Greenpeace nous assigne alors en référé, affirmant que nous ne disposons pas des autorisations nécessaires au traitement de ces combustibles à La Hague.

Contre toute attente et toute logique, le tribunal de grande instance de Cherbourg leur donne raison et interdit le déchargement des combustibles. Bien évidemment, nous faisons appel.

Mais le temps ne travaille pas en notre faveur. Les combustibles usés sont déjà dans des emballages, et les emballages ont besoin d'être certifiés de manière régulière. Or, le bateau a fait l'aller-retour jusqu'en Australie. Il a passé du temps en mer, les emballages ont besoin d'être de nouveau certifiés. Nous sommes dans la situation gravissime, si le jugement n'est rendu qu'au bout de plusieurs semaines, de nous retrouver avec des combustibles dans des emballages eux-mêmes illégaux, que nous ne pourrons ni garder à bord ni décharger !

Par ailleurs, c'est la remise en cause du fonctionnement de l'usine de La Hague, pour l'international. Les conséquences politiques, économiques et sociales sont potentiellement ravageuses. Les Australiens quant à eux n'y comprennent rien et s'inquiètent.

C'est à ce moment-là que l'on se retourne et que l'on s'aperçoit qu'il n'y a plus personne derrière nous. Les autorités et les politiques qui ont pourtant avalisé tout le processus ne se souviennent plus de rien. « Ah bon, j'ai signé cette autorisation ? Vous êtes sûre ? Ce n'est pas plutôt [au choix] mon directeur de cabinet, mon conseiller, mon attaché parlementaire ? Avais-je bien, de toute façon, les informations pour le faire ? » Un grand moment de solitude.

Et cela a duré jusqu'à l'appel, gagné au mois d'avril, après avoir mis chacun devant ses actes et ses responsabilités. Pendant ce temps, la presse relayait les critiques des Verts : « Pourquoi traite-t-on des combustibles étrangers ? D'ailleurs, pourquoi restent-ils aussi longtemps, pourquoi arrivent-ils dans cet état, sommes-nous le dépotoir de l'Europe ? Pourquoi devons-nous devenir la poubelle du monde ? » Ils occultaient soigneusement le retour de tous les déchets ultimes dans leurs pays d'origine et le recyclage d'énergie équivalent à la production de pétrole du Koweït réalisée à La Hague. Noël Mamère demanda ma démission. Les hommes politiques étaient aux abois. J'étais le petit cheval dans le mauvais temps, tous derrière, très loin, et moi devant. Pour me tenir chaud, j'avais, il est vrai, le large soutien des salariés. Que je le veuille ou non, j'ai été identifiée à Areva et, plus largement, au nucléaire. J'en ai aussi payé le prix.

Je pensais que cette activité industrielle devait être pleinement assumée et dans la plus totale transparence. J'ai certainement payé le fait – pourquoi le nier ? – d'être une femme.

Dernier acte d'accusation, et sans doute le principal, Areva engrangeait les premiers succès et, loin de s'effondrer ou de se démanteler, témoignait d'une véritable dynamique industrielle. La France n'est pas un pays qui glorifie le succès ou, pour être plus juste, une partie des Français et une large majorité de nos élites ont du mal à accepter la novation. Areva en était une. Son succès aussi !

Nous n'avons jamais essuyé de campagne anti-Areva aux États-Unis. Jamais. Même après être devenu numéro un mondial et avoir dépassé nos concurrents traditionnels américains. Je me souviens, dans le *New York Times*, d'un article de janvier 2008 intitulé « *Why America needs Atomic Anne* ». Le surnom m'est resté.

Le magazine *Fortune* a présenté Areva comme l'entreprise la plus admirée du secteur de l'énergie. J'ai été l'invitée du plus grand magazine d'information, le populaire « *60 Minutes* » sur CBS. La gloire. Deux questions m'ont été posées en début d'émission : comment un pays comme la France qui change d'avis sur tout et tout le temps a-t-il pu avoir quarante ans de politique nucléaire ininterrompue ? Et comment un pays aussi macho que la France peut avoir une femme à la tête de cette industrie ?

Car le paradoxe était que le succès d'Areva me fragilisait. Une entreprise devenue si attractive qui créait de la valeur et finissait par devenir un enjeu national ne pouvait être qu'un « truc de mecs ». Les choses sérieuses commençaient, donc c'était place aux hommes !

Cette percée aux États-Unis était loin d'être évidente. Le front américain correspond aux années 2003-2004. Je rappelle que, à cette époque, nous sommes en pleine guerre du Golfe, donc les relations politiques sont très mauvaises entre nos deux pays. Nos avancées se font clairement et uniquement sur des bases industrielles. Il n'y avait pas d'interférence du politique ; c'était préférable.

Durant cette période, nous faisons connaître Areva dans le monde. Nous finançons le *Défi Areva*, un voilier français disputant la Coupe de l'America en

Nouvelle-Zélande, fief des antinucléaires. Je voyage beaucoup. J'ai déjà dit qu'un de mes plaisirs était le contact avec les clients. Un souvenir de mon passage à Alcatel, qui est devenu ma culture. Cela tombe bien : les clients veulent nous voir. Dans le nucléaire, il n'y a pas des milliers de contrats, mais ces derniers se montent à plusieurs centaines de millions d'euros.

Même en dehors des contrats, il est nécessaire de voir régulièrement les clients potentiels, de discuter avec eux, de faire passer le fait que nous ne sommes pas japonais à des électriciens japonais et que nous ne sommes pas une société totalement américaine aux États-Unis.

Nos interlocuteurs veulent également parler du nucléaire en général, ils veulent nous entretenir de leur stratégie… La relation de confiance et la discrétion – le nucléaire nécessite plus que toute autre activité cette relation – mettent du temps à se construire, mais cela me passionne. Chaque fois que j'ai vu surgir un nouveau problème franco-français, je suis partie voir nos clients. Cela m'a toujours aéré l'esprit. Et puis, le côté service aux clients est vraiment dans ma culture, j'adore ça.

J'ai découvert des pays que je ne connaissais pas du tout, notamment lorsqu'il s'agissait d'uranium : le Kazakhstan, la Mongolie, le Niger, la Namibie. Il y en a d'autres où j'ai pu profiter de mes expériences passées comme la Chine. Je m'y étais souvent rendue pour Alcatel.

Alcatel était organisée par entités géographiques qui étaient concurrentes entre elles. Pas un conflit de seigneurs de la guerre, mais presque. Il y régnait un certain désordre et, avec Serge Tchuruk, nous avions redéfini la stratégie d'Alcatel en Chine, en la réalignant sur l'entreprise qui plaisait aux Chinois, dont ils se sentaient proches et qui était soutenue politiquement : Shanghai Bell. J'ai visité la Chine dans les provinces les plus reculées pour aller discuter ou fêter la signature de contrats avec les autorités locales.

Tout est une affaire de tactique. Même le repas pris en commun relève de l'art de la guerre et de la stratégie. Les Chinois sont un peu comme les Français. À table, nous parlons de tout. Il est poli de montrer que l'on s'intéresse à de nombreux sujets avant de passer aux sujets sérieux.

Je me souviens du dîner où j'ai compris comment ça fonctionnait. Traditionnellement, les invités se lèvent de leur table et vont aux tables des autres pour boire… Alors, effectivement, à la fin de la soirée, certains des convives qui ont bu sont dans un état presque comateux, et c'est à ce moment-là que commencent certaines discussions de fond.

Je n'aime pas généraliser, mais on peut quand même écrire que la plupart des Japonais détestent l'improvisation. Il faut que tout soit préparé avant, à des niveaux différents, c'est ce qu'on nomme les *working levels*. Mais ce bon fonctionnement n'est possible que si vous avez établi une confiance qui doit s'inscrire dans le temps long. Plus le temps passe, plus vos interlocuteurs ont confiance en vous. Mais en même temps, plus ils attendent de vous et se projettent avec vous dans l'avenir.

Une négociation en Chine se termine quand votre interlocuteur chinois a le sentiment que vous êtes vraiment étranglé, qu'il n'y a plus une goulée d'air qui passe dans votre trachée : à ce moment-là il est d'accord pour s'arrêter. Peut-être.

Les Japonais sont totalement différents. Pour eux, un bon accord est un accord qui permet aux deux parties prenantes d'être heureuses. La négociation consiste à trouver le bon équilibre qui permettra à cet accord de vivre longtemps. Par exemple, les électriciens japonais paient en moyenne plutôt plus cher que les autres les différentes prestations. Non pas par philanthropie économique, mais parce qu'ils achètent un service parfait. Tout doit être impeccable. Et, effectivement, dès qu'il y a quelque chose de légèrement déviant dans une livraison japonaise, c'est la mobilisation totale chez Areva.

En 2003, année de développement comme le seront les années qui suivront, les bonnes nouvelles et les coups durs se succèdent, ce qui va souvent être la règle. Présider Areva est un métier passionnant, mais ce n'est pas la vallée de roses que s'imaginent un peu trop vite ceux qui lorgnent mon siège.

Cette année-là, nous expliquons à l'État notre problématique. Les usines construites dans les années 1960 et 1970 vont arriver en fin de vie dans les dix ans. Nous devons faire le choix suivant : soit nous décidons de ne pas les remplacer, et nous réaliserons des résultats financiers formidables pendant quelques années avant de disparaître. Soit nous remplaçons ces usines. Et, mieux encore, nous pouvons, grâce à notre développement international, créer de l'emploi industriel et de la valeur ajoutée en France, et contribuer à améliorer notre commerce extérieur. Ce deuxième scénario suppose des investissements très significatifs. Ces investissements, nous pouvons les autofinancer en partie mais, pour le reste, nous avons besoin d'une augmentation de capital pour garder la force de notre bilan et de notre notation. Cette augmentation est chiffrée à 3 milliards d'euros environ. Cette lettre postée en 2003, je le rappelle, recevra un accusé de réception en… 2010, avec une augmentation de capital d'environ 1 milliard d'euros et sept années perdues.

Une bonne nouvelle ? À la fin de l'année 2003 survient un grand événement. Après une dure compétition, nous sommes choisis en Finlande, pays attentif à l'environnement, pour construire l'EPR, modèle de réacteur de troisième génération franco-allemand qui n'a encore jamais été construit. Les Russes et les Américains sont dans la course. Les Russes ont une longueur d'avance. Ils considèrent, sans doute un peu trop vite, que la Finlande est leur terrain de jeu.

À leur tête se trouve Alexandre Roumiantsev, le puissant ministre russe de l'Énergie atomique, un homme considérable dans le système russe qui le soutient et finance son industrie nucléaire. Areva ne doit compter que sur ses propres forces. Dans la dernière ligne droite, le gouvernement français s'est illustré par un pas de clerc qui pèsera sur nos chances. La ministre déléguée à l'Industrie, Nicole Fontaine, a déclaré que la France envisageait de se doter d'un EPR. Propos démentis moins de vingt-quatre heures plus tard par le Premier ministre en personne, Jean-Pierre Raffarin, estimant qu'il est urgent d'attendre.

La concurrence est aussi rude avec General Electric qui dépose de nouvelles offres le matin même de la signature. Pour la machine américaine, il est aussi stratégique de gagner cette première référence mondiale en réacteur de génération trois. Nous avions passé un « accord » avec le Russe Alexandre Roumiantsev : « Si tu gagnes, m'avait-il dit, tu m'offres un bon dîner à Paris, si je gagne, je t'offre un dîner à Moscou. Et si nous perdons tous les deux, nous ferons un bon dîner pour pleurer ensemble. » Nous déjeunerons ensemble au Grand Vefour, et en grande pompe. Cette victoire est stratégique. Areva, associée à Siemens, va construire le premier réacteur de génération trois en Europe et dans le monde. Sans ce premier réacteur, jamais nous n'aurions pu le vendre ensuite en Chine. Mais sa construction prend rapidement du retard. Le client et l'autorité de sûreté finlandaise multiplient les délais d'approbation sur un design qu'il faut adapter. Notre ingénierie peine sur les multiples changements. Et puis, il faut l'avouer, nos équipes comme celles de Siemens ont du mal à faire face aux exigences de la troisième génération. La marche à franchir entre deuxième et troisième génération est grande. EDF qui se gaussait de nos déboires en fera l'expérience à Flamanville.

Les critiques pleuvront… de France principalement : curieuse notion du patriotisme industriel. Des provisions significatives seront prises (2,5 milliards d'euros) car le client refuse tout avenant significatif. L'arbitrage international demandé donnera le fin mot de l'histoire.

2003 est une année contrastée : je suis enceinte, bonheur, et pour notre malheur, notre pécule pour réaliser nos investissements devient l'objet de convoitises. Le 7 avril 2003, le patron d'Alstom, Patrick Kron, vient me voir pour un petit déjeuner. Il m'explique doctement que la fusion d'Areva et d'Alstom est une ardente obligation et que, chevaleresque, il m'en laisse la présidence. Après avoir entendu ses arguments, je lui réponds : « Arrête Patrick. Je suis désolée mais je connais la situation qui est dramatique. Il faut une restructuration de la dette, il faut que cela soit accepté par les banquiers… Dans ces conditions, je ne peux pas assurer les conséquences de ce qui se passe aujourd'hui. » Très agacé, il se lève et me met en garde : « De toute façon, je te préviens : si tu ne le veux pas, je te l'imposerai.

– Comment tu vas me l'imposer ?

– Je te l'imposerai car les pouvoirs publics vont te l'imposer », dit-il sibyllin.

Je suis convoquée en mai par Francis Mer, ministre de l'Économie et des Finances du gouvernement Raffarin, qui m'explique que j'ai une chance formidable car je vais m'occuper désormais d'Alstom. Je sursaute : « Pardon ? »

On lui avait soufflé ce qui devait être la grande idée de Meccano industriel de ce septennat : la fusion d'Areva et d'Alstom. Pourquoi cette soudaine et irrésistible envie ? Parce que Alstom se porte mal, très mal. Nous ne l'ignorions pas puisque nous avions des clients communs et que tous les signaux étaient au rouge.

C'était, au fond, le recyclage d'une vieille « idée ». Déjà, le prédécesseur de l'actuel patron Patrick Kron, Pierre Bilger, m'avait proposé en 2000 d'acheter 10 % Alstom. Le prix de l'action n'était pas négligeable et nous avions besoin de nos fonds pour les consacrer, d'abord, à nos investissements. Nous estimions, par ailleurs, que nous n'avions rien à faire dans cette entreprise qui, de plus, allait rencontrer de graves difficultés.

Mais là, il s'agissait de bien plus ! Nous devions « sauver le soldat Alstom ! » (*sic*). Ce n'était pas la première fois que l'on cherchait à nous faire les poches. Au début, ce fut pour le compte d'autres entreprises publiques. Le gouvernement Jospin avait voulu nous pousser à racheter une importante participation de France Télécom dans ST Microelectronics. France Télécom se trouvait dans une situation grave sur le plan financier. Le ministre de l'Industrie Christian Pierret avait annoncé dans une conférence de presse qu'Areva allait racheter les 11 % de France Télécom dans ST Microelectronics pour 3,5 milliards d'euros (cela vaut aujourd'hui 700 millions d'euros !). Un communiqué du directoire le même jour annonçait qu'Areva n'était pas en mesure de le faire. France Télécom put d'ailleurs vendre sa participation sur le marché, sans obérer en aucune façon l'avenir d'Areva.

Certains se sont dit qu'Areva, plutôt que d'assurer son avenir, pouvait régler les problématiques de court terme d'entreprises publiques ou privées. Pourquoi ne pas faire d'Areva une sorte de Caisse des dépôts qui permettrait à l'opération d'avoir un « look » industriel ? J'explique aux uns et aux autres que le développement d'Areva et son avenir nécessitent une augmentation de capital. Nous n'avons aucune marge de manœuvre. Il y a la participation de France Télécom dans ST, et maintenant le sauvetage d'Alstom. Chaque fois que nous repoussons une énième reprise, la vague suivante est plus haute et plus chère. Nous sommes tombés ainsi de Charybde en Scylla 1, Scylla 2, Scylla 3… Chaque fois, ces refus créent certaines inimitiés, des tensions. Nous sommes dans un monde où il vaut mieux dire oui, quitte à sacrifier l'avenir industriel d'un groupe.

Francis Mer est formidable. Malgré la pression des banques et de la machine de Bercy, convaincu par nos arguments industriels, il décide que l'État prendra ses responsabilités en investissant directement. Areva contribuera néanmoins au plan de sauvetage d'Alstom en rachetant l'activité T&D (« Transmission et Distribution ») et ses 20 000 salariés.

Nous avons réussi à transformer une opération financière ruineuse pour Areva en une opportunité de développement industriel complémentaire de notre métier. Nous rentrons dans l'activité des réseaux électriques.

Je me souviens aussi que durant cette période où j'attends la naissance de mon fils Armand,

Francis Mer est un de mes seuls interlocuteurs étatiques, avec Jacques Chirac, à se soucier un peu de moi. Pour beaucoup d'autres, les calculs sont transparents : elle est enceinte donc fatiguée (erreur en ce qui me concerne), elle va bien finir par craquer. Cette défense de notre avenir commun crée une forte dynamique interne au sein d'Areva. Il est clair pour chacun que je ne suis pas de ceux qui font passer leur carrière avant les intérêts du groupe. Le directoire est uni et soudé, le comité exécutif totalement solidaire.

Je ne ressens pas beaucoup la solitude, malgré les assauts des prédateurs.

Armand naît en août. Je pense qu'Alstom est maintenant un chapitre passé. Il n'en est rien. Le premier plan de sauvetage a été insuffisant en termes de restructuration de la dette bancaire. Et tout recommence. Les grandes banques sont à la manœuvre (à l'exception notable du Crédit Agricole dirigé par René Carron). Elles ont des encours d'engagements considérables sur Alstom. Elles ne veulent pas de nouvelles restructurations de créances. Il faut trouver un pigeon. Ce sera Areva.

Durant plusieurs mois, il y a une campagne sur le thème : l'avenir du nucléaire français est derrière lui, ce qui importe désormais, c'est de se donner les moyens de sauver Alstom définitivement. Retour du grand bal des agents d'influence et retour de Philippe Villin qui ouvre la première danse. Les esprits s'échauffent et le microcosme parisien bouillonnant lance des jets de vapeur : « Cette pauvre Lauvergeon, elle a atteint ses limites. Pensez donc, une fusion Alstom-Areva, quelle affiche ! » Sans rire. Lorsque les conseillers de l'ombre rencontrent des politiques, le discours s'infléchit et donne plutôt ceci, qui regonfle les ego : « Vous avez enfin l'occasion de prendre une décision historique qui va marquer les esprits ! » Comment ces derniers ne seraient-ils pas flattés par l'idée qu'ils vont laisser leur empreinte ?

Cette campagne prend parfois des aspects inattendus. Un samedi matin, je suis invitée par Michel Barnier dans un théâtre parisien où se tient un colloque sur l'Europe. Il y a deux tables rondes. La première est politique et institutionnelle, la seconde a pour thème : quelle Europe et quelle industrie voulons-nous ? Il y a Claude Bébéar, Mario Monti et moi-même. Commissaire européen en charge de la concurrence, Mario Monti, extrêmement sourcilleux lorsqu'il s'agit de pointer l'intrusion de l'État dans les politiques industrielles, tresse des lauriers à Areva. Je bois du petit-lait.

Le colloque s'achève et tous les invités se rendent à Matignon pour un déjeuner. Il y a deux ou trois tables. Le protocole m'a placée près de Mario Monti. Le Premier ministre, Jean-Pierre Raffarin, arrive en retard et ses premiers mots en entrant dans la pièce sont pour moi : « Ah, Anne, je sais que cela ne vous plaît pas. Je sais que ce n'est pas dans les intérêts d'Areva, mais vraiment vous n'avez pas le choix : il faut fusionner avec Alstom. Sinon c'est la faillite assurée d'Alstom ! » Je regarde Jean-Pierre Raffarin sous ma frange et essaie de lui rappeler la présence de Mario

Monti. Le commissaire européen me murmure à l'oreille : « C'est la première fois que j'assiste en direct à la notification par un Premier ministre d'une opération d'aide d'État qui n'a aucun sens industriel. »

Le patron de la BNP, Michel Pébereau, n'est pas en reste pour me convaincre. Les ficelles dont il se sert ressemblent parfois à des cordes :

« C'est formidable, Anne ! Vous allez avoir un empire !

– Ce soleil ne se couchera jamais sur mon empire.

– Voilà…

– Mais…

– Mais ?

– Je ne suis pas Charles Quint. Je suis une paysanne. Le lopin de terre qu'on m'a confié me suffit. »

Combien de visiteurs du soir à qui je répète : chacun son travail, aux banques de faire le leur dans la restructuration de la dette !

Francis Mer parti, Nicolas Sarkozy se saisit de ce dossier pour en faire une question de principe. Ce sera la seconde tentative pour me forcer à avaler l'amère potion. Nicolas Sarkozy se rend non pas une fois mais cinq, six fois à Bruxelles pour rencontrer Mario Monti et le convaincre de la légitimité du projet d'arrimage d'Areva à Alstom. Nicolas Sarkozy assure qu'il n'y a aucun problème pour qu'Areva devienne un gros investisseur d'Alstom puisque Areva, ce n'est pas l'État français. Autant dire que le commissaire européen le voit arriver de très très loin.

« Ah bon ? réplique-t-il un mince sourire aux lèvres. Mais il me semble que madame Lauvergeon ne le souhaite pas.

– Comment ça, Lauvergeon ne le veut pas ? Mais elle le veut, parce que je le veux !

– Vous avez une drôle de conception de l'indépendance, non ? » finit par dire Monti.

Au final, les banques doivent faire ce qu'elles auraient dû faire depuis le début : une restructuration en profondeur.

Après cet épisode Alstom, je pense que l'on va nous laisser souffler un peu. Erreur. Martin Bouygues m'invite à déjeuner avenue des Champs-Élysées avec tout son état-major, le ban et l'arrière-ban de ses barons. Une belle lumière d'été entre par les baies vitrées de la salle à manger. Martin Bouygues me lance au début du repas : « Vous êtes forte, vous. Vous êtes bonne. Vous avez résisté à l'État ! » Il s'ensuit une philippique un peu surannée contre les pouvoirs publics avant d'arriver au plat de résistance :

« Je crois que Bouygues et Areva pourraient faire de grandes choses ensemble.

– Je ne doute pas qu'il y ait beaucoup de centrales nucléaires à construire dans le futur, lui dis-je.

– Mais plus que ça ! s'enthousiasme-t-il. J'aimerais bien devenir l'actionnaire de référence d'Areva. Dans une société très largement cotée où je serais le premier actionnaire.

– Ah, voilà une évolution forte. On m'explique que l'État devait rester absolument majoritaire et vous me décrivez une tout autre réalité.

– Mais Rome ne s'est pas faite en un jour, chère Anne. On verra le temps que cela prendra. »

À l'automne 2004, Nicolas Sarkozy annonce l'ouverture large du capital d'Areva avec l'augmentation de capital demandée en 2003. Je m'attends à ce que Bouygues prenne position sur ce sujet. Nicolas Sarkozy devient le patron de l'UMP après la démission d'Alain Juppé. Jacques Chirac lui demande de renoncer à Bercy. Il sort provisoirement du jeu.

Pour mener à bien cette opération, dont il est rapidement convaincu, Hervé Gaymard, nouveau ministre des Finances, nous positionne pour juin 2005. Tout est préparé et, quand je dis tout, nous avons même les dépliants. Mais à vingt-quatre heures de passer officiellement devant la commission de transfert et des participations, Hervé Gaymard, pris dans une affaire d'appartement, doit démissionner du gouvernement. Il est remplacé par Thierry Breton.

Changement de ton. Dès son entrée en fonction, cet ancien auteur à succès de science-fiction convoque les grands patrons. À peine ai-je le temps de m'asseoir qu'il commence par me dire qu'il n'est pas question de privatiser Areva. Je lui réponds qu'il ne s'agit pas de cela mais de nous donner les moyens de nous développer.

« Non, non. On ne peut pas faire ça avec la bombe atomique ! Ce n'est pas possible », proteste-t-il. Je lui réponds que je suis d'accord car précisément nous ne construisons pas la bombe atomique, les bombes sont réalisées par le CEA. Ce qui a pour effet de l'énerver.

« Donne-moi dix bonnes raisons de faire cette opération ! », commande-t-il. Je m'exécute sans barguigner. J'arrive à six. J'ai un blanc. Il me dit : « Donc, finalement, tu ne m'as donné aucune raison. » Je proteste : « Je viens de t'en donner six ! » Je reprends mon élan et arrive à dix.

Peu de temps après notre entretien, le ministre racontera dans Paris qu'il n'avait entendu aucune bonne raison pour mener à bien cette opération et que c'était pourquoi il avait décidé de surseoir à son exécution.

En revanche, Thierry Breton annonce la vente de la participation que l'État détient dans Alstom à Bouygues sans mise en concurrence, contrairement aux usages. Le plan de Martin Bouygues m'apparaît alors avec clarté. Ce dernier se dit certainement que la seule façon d'arriver jusqu'à Areva est de passer par la case Alstom. La fusion Areva-Alstom, le retour ? J'en ai alors le pressentiment.

Cette manœuvre a provoqué quelques remous à Bercy. Des voix se sont élevées pour réclamer qu'on impose à Bouygues une clause et elles ont fini par avoir gain de cause. Cette clause prévoyait que Bouygues, s'il augmentait dans les deux ans sa participation au-delà des 26 % qu'il avait rachetés à l'État dans Alstom, devrait à ce dernier la différence entre la valeur de l'action à l'instant T et celle achetée au départ. Donc, pour faire l'opération de fusion entre Areva et Alstom avant juin 2008, Bouygues devait payer le prix fort puisque le cours de l'action avait grimpé entre-temps. Je vois de temps en temps Nicolas Sarkozy qui est retourné au ministère de l'Intérieur. Je me souviens en particulier d'un entretien au soleil, dans le parc de l'hôtel Beauvau à l'automne 2006. Nous sommes de part et d'autre d'une table en bois. Ses Ray-Ban cachent son regard.

« Je vais être élu – et tu vois, bien élu. Mais je ne ferai qu'un mandat.

– Ah bon ?

– Oui, tu comprends, il y a autre chose dans la vie. J'irai travailler chez Bouygues... »

L'énormité de cette confidence me laisse muette. Mes synapses fonctionnent à toute allure. Je pressens que l'on va réentendre parler de la fusion Areva-Alstom.

« Et toi ? Tu vas être ministre de mon gouvernement, bien sûr. »

Ce n'est pas vraiment une question. Je lui réponds comme toutes les fois précédentes que je ne souhaite pas faire de la politique ni être ministre. S'ensuit une conversation que nous avons depuis quinze ans, où il m'explique sans beaucoup me laisser la parole, que j'ai un boulevard devant moi, qu'avec lui tout va changer en mieux, que cela va être une formidable aventure collective dont je dois absolument faire partie.

« Bon, si tu ne veux vraiment pas, il y a EDF aussi pour toi.

– Tu sais, Nicolas, ce que je souhaite vraiment, c'est que la décision de donner les moyens à Areva de ses investissements, l'augmentation de capital, soit enfin prise. C'est totalement stratégique.

– Anne, bien sûr, on en reparlera. »

Vient ensuite une longue série de confidences sur Clearstream, toujours derrière ses Ray-Ban. J’écoute. Il tient son public, moi comme les autres.

## 9

# Un si bon camarade

*L'ami par intérêt, c'est une hirondelle sur le toit.*

CERVANTÈS, *Nouvelles exemplaires.*

Les quelques jours qui précèdent son entrée à l'Élysée, Nicolas Sarkozy reçoit dans un hôtel particulier du septième arrondissement pour constituer le futur gouvernement de François Fillon. Il a demandé à me rencontrer mais, déjà, des fuites savamment orchestrées font de moi une future ministrable. Je croise Philippe Séguin d'humeur badine, et pense à tous ceux qui attendent désespérément un appel ou un geste du vainqueur.

Nous sommes un vendredi. À l'entrée de l'hôtel, il y a une forêt de caméras. Autant dire que la discrétion n'est pas au rendez-vous. Nicolas Sarkozy m'accueille chaleureusement. Malgré son triomphe, je lui trouve un air triste. Il a préparé son sujet et attaque bille en tête en me demandant quel ministère je veux. Ma position a le mérite de la clarté et je l'expose immédiatement : je ne veux pas être ministre, je souhaite rester chef d'entreprise chez Areva.

« Écoute, c'est très simple, insiste-t-il. Tu fais ça… Je sais, je sais, j'ai compris le message, mais écoute : tu es ministre dix-huit mois. Allez, un an. Ça te va, un an ? Et puis après, tu auras l'entreprise que tu veux.

– Mais je suis déjà en charge de l'entreprise qui me va…

– D'accord, d'accord, tu as fait quelque chose de très bien avec Areva, mais tu mérites mieux, tu mérites plus gros. Il ne t'a pas échappé qu'EDF va être libre. Ça te dit, EDF ? Tu fais un an et tu deviens patronne d'EDF.

– Désolée, Nicolas, mais je n'ai pas l'ego lié à la taille de l'entreprise. De plus, cela n'a pas de sens pour une personne de la société civile de rester un an. Quand on s'engage en politique, ce n'est pas moi qui vais te l'expliquer, il faut s'engager clairement, totalement.

– Voyons, Anne, l'important, ce n'est pas la politique ou les mandats, c'est la proximité avec moi. Tu es mon amie, c'est suffisant !

– Partir au bout d'un an pour un ministre sera pris pour un échec.

– Pas du tout, mais pas du tout ! Ça dépendra de ce que je dirai à la presse ! Si je dis que le job est fait, on me croira. On peut aussi annoncer dès le début que tu ne resteras pas plus d'un an. »

J'en reste coite. La vérité est que je ne peux pas lui avouer : « Non, non, non, pas avec toi ! » Je suis tout sauf sectaire. Mais je n'imagine pas une minute rejoindre le gouvernement de Nicolas Sarkozy. Pour le coup, l'esprit de François Mitterrand serait capable de venir me tourmenter. Plus simplement, comment vivre avec moi-même en ayant laissé tomber Areva pour un pacte qui me paraît sceller la fin de ma propre estime ? Comment regarder en face les gens qui m'ont fait confiance tout au long de ma vie ?

Sur un tout autre plan, je suis bluffée par l'énergie de Nicolas Sarkozy. Mais je suis déjà persuadée qu'il a un problème de management. Pendant tout l'entretien, il me trotte dans la tête que, de toute façon, être ministre avec lui n'a absolument aucun intérêt. Le seul « job » intéressant, comme il dit, se trouve à l'Élysée. Et je pense : « Si tu dis ça, ma pauvre Anne, tu tombes de Charybde en Scylla ! »

J'avance argument sur argument pour expliquer mon refus mais il n'écoute rien. Ce petit jeu dure cinquante minutes. Des minutes interminables. François Fillon, futur Premier ministre, et Claude Guéant attendent dans des pièces adjacentes. C'est ce dernier que le Président appelle, alors même que s'élabore la composition du gouvernement. Mon intuition se renforce. Il pense que je serai parfaite dans le casting.

« Eh bien, Claude, dit-il en remettant sa veste pour accueillir Tony Blair, Anne est presque d'accord. »

Là, j'accuse le coup. Il est président de la République, nouvellement élu, fort de sa légitimité. Je ne peux pas le remettre sèchement à sa place. Il le sait et il en profite.

Je proteste quand même que je résumerais plutôt ma position par « oui, c'est non ». Il ne m'écoute plus et j'ai droit à quelques minutes de plus avec Claude Guéant. Nous en restons là. Le soir même, je pars à Johannesburg. Deux week-ends par an, je m'y rends avec une dizaine de grands investisseurs internationaux à l'invitation du gouvernement sud-africain. Je pense que cela va me faire beaucoup de bien, loin de l'agitation parisienne. Mais celle-ci a vite fait de me rattraper dès que je pose un pied en Afrique du Sud.

Le gouvernement sud-africain sait parfaitement ce qui se trame à Paris et, durant tout le week-end, je fais face à un assaut de conseils en tous genres. Je vois que beaucoup doutent de ma capacité à résister aux sirènes de Nicolas Sarkozy.

Ajoutons à cela les appels incessants de son entourage brodant autour de l'antienne : « Anne, c'est génial, tu n'as pas le choix. Cela va être fabuleux. Quel Président il va être ! C'est ton pays, il faut que tu y ailles ! » Lundi matin, de retour à Paris, je continue de refuser. Les relances ne cesseront que le surlendemain. Je me trouve dans un séminaire du Business Group Aval, en train de parler. On me passe le Président. La salle suspend son souffle. Je m'isole. Le ton de Nicolas Sarkozy est polaire : « Très bien, Anne. J'ai compris. » Jusqu'au bout, le président de la République n'a pas voulu entendre que mon « non » était un vrai « non ». Il a considéré que c'était le début d'un « oui ». Je reviens dans la salle ; j'explique que je reste chez Areva et ai droit à une *standing ovation*. Je vais vraiment en avoir besoin.

Je n'ai jamais eu de regrets d'avoir refusé de participer à ce gouvernement qui tenait plus du casting de cinéma que de l'équipe faite pour réformer la France. Ni regrets ni remords. Je relève les premières erreurs. Je pense moins aux épisodes « bling-bling » qu'à la loi Tepa, cet incroyable « paquet fiscal » qui crée moins un choc de confiance au profit de l'économie française qu'un choc tout court. Satisfaction et soulagement à l'idée que j'aurais pu y être associée.

Ce qui m'apparaît clairement au terme des premiers cent jours, c'est que l'homme qui pensait chaque matin à la présidence de la République en se rasant n'a pas structuré de plan de réformes, contrairement à ce que sa campagne m'avait laissé croire.

Mes doutes se trouvent renforcés par sa méthode de communication consistant à multiplier les effets d'annonce, en sortant une nouvelle trouvaille tous les jours. Les médias adorent, les Français apprécient au début ce Président hyperactif. Je pense aux malheureux ministres qui apprennent ce qu'ils doivent faire par la déclaration d'un conseiller du Président faite à la télé, à la radio ou dans les journaux. Je suis estomaquée par cette évolution sans précédent du fonctionnement de nos institutions.

Je me dis que j'ai échappé à une situation que je n'aurais, de toute façon, pas tolérée bien longtemps.

Je comprends vite que mon refus a rendu Nicolas Sarkozy furieux. Il va se montrer rancunier et hostile.

Durant le mois de juillet qui suit son élection, j'ai l'occasion d'aller deux fois à l'Élysée pour des réunions internationales. Chaque fois, il se montre sec et distant. La seconde fois, il part dans un long développement où, devant un parterre de patrons étonnés, il glorifie la force de caractère et de sacrifice de François Pérol, ancien associé-gérant de la Banque Rothschild qui vient d'entrer à l'Élysée comme secrétaire général adjoint : « Voilà un homme qui a su quitter la banque pour le service de l'État [et là il me fixe]. Il devrait être un modèle pour tous ces égoïstes attachés à leurs intérêts. » Curieusement, après cette sortie – ou sotie – présidentielle, il sortira dans la presse que j'ai refusé d'être ministre pour préserver mon confort matériel.

Ces gracieusetés ne sont que des zakouskis. À peine suis-je rentrée de vacances que commence un pilonnage en règle sur le thème (c'est décidément une manie) : À qui doit-on adosser Areva ? Puisque, bien sûr, on pose d'emblée comme postulat qu'Areva, hier encore appelée comme pompier industriel, ne peut plus désormais être autonome. *Les Échos* relatent le contenu d'un rapport prétendument secret et stratégique du CEA, l'actionnaire principal d'Areva. Ce rapport propose trois possibilités d'adossement pour Areva : Siemens, Mitsubishi ou Alstom. On s'interroge très fort. On se demande les deux poings sur les hanches, comme dans les comédies de Labiche : « Oh, là, là ! Mais quelle est donc la bonne solution pour l'industrie nucléaire française ? » Puis nos grands stratèges entonnent en chœur, comme dans une opérette d'Offenbach : « C'est Alstom qu'il nous faut ! » À aucun moment, il n'est demandé à Areva son avis. Je vois le piège gros comme une montagne.

L'Élysée demande à l'APE (l'Agence des participations de l'État, qui gère les participations en capital de l'État dans les sociétés) de plancher sur le projet de fusion Areva-Alstom. Hop ! Troisième tour de manège avec la même impression de repartir de zéro, de ne rien avoir fait avant. Pendant ce temps-là, impossible d'être entendue sur notre augmentation de capital. Nos concurrents internationaux n'ont pas les mêmes entraves dans leur pays d'origine. Privés ou publics, ils sont soutenus par leur gouvernement. Le DOE américain finance les développements de l'AP1000 de Westinghouse, concurrent de l'EPR. Les Chinois, les Coréens et les Russes bénéficient du plein support de leur gouvernement.

Les équipes d'Areva préparent à fond la réponse en examinant de nouveau le projet de fusion sous tous ses aspects : synergie industrielle, synergie financière, synergie commerciale, synergie technologique, synergie géographique…

Persuadées que l'affaire est conclue en haut lieu, les équipes d'Alstom arrivent presque les mains dans les poches. Au fil des réunions, il apparaît clairement que leur dossier ne tient pas la route. Recalé. Un rapport satisfaisant, sinon rien. Le travail de l'APE va disparaître dans les limbes administratifs.

En novembre 2007, nous signons un contrat-record de 8 milliards d'euros avec la Chine. Une première pour l'euro. Un partenariat historique dans le nucléaire civil au terme duquel Areva s'engage à construire avec China Guangdong Nuclear Power Corporation (CGNPC) deux réacteurs de nouvelle génération EPR et à fournir l'ensemble des matières et services nécessaires à leur fonctionnement. Ces engagements marquent, en outre, le début d'une coopération globale et durable puisqu'une société commune d'ingénierie va être créée et que, dans le même esprit, les deux entreprises signent un accord où la CGNPC s'engage à acheter 35 % de la production d'UraMin.

Cet accord est signé en présence de Nicolas Sarkozy. Dire qu'il se montre à cette occasion d'une cordialité expansive serait mentir. Peut-être a-t-il déjà en tête la mauvaise manière qu'il me prépare. Si je prenais ce ressentiment sur le ton de la plaisanterie, je dirais que c'est fou l'inventivité dont lui et les siens ont su faire preuve pour se débarrasser de la femme qui dérange. Quel dommage que cette inventivité n'ait pas été mise au service de meilleures causes !

Le nouvel axe d'attaque sera la critique de Siemens, notre partenaire historique et minoritaire dans les réacteurs[1]. Les agents d'influence reprennent du service. Areva est accusée d'avoir abandonné toute sa propriété intellectuelle à l'entreprise allemande Siemens, actionnaire minoritaire de la partie « réacteurs » du groupe. Je tombe des nues. Cette attaque n'a strictement aucun sens mais je vais apprendre que « plus c'est gros, mieux ça marche ».

Je suis présentée comme une germanophile suspecte. À cette époque, les relations entre Paris et Berlin sont exécrables. La chancelière Angela Merkel est exaspérée par la manière d'être et de

1. Le réacteur EPR est un projet franco-allemand développé à 50/50. Nous avons pu en prendre la majorité : Areva 66 %, Siemens 34 %.

faire de Nicolas Sarkozy qui affiche à son encontre un solide mépris. Le président de la République déclare fin 2007 qu'il ne voit pas très bien ce que fait Siemens chez Areva !

Il finira par avoir gain de cause. Au début de l'année 2008, les dirigeants de Siemens sont remplacés et nous nous retrouvons avec de nouveaux interlocuteurs qui ne connaissent pas l'énergie ni le secteur nucléaire. Ils sont vite las de ces attaques françaises et inquiets de cette fusion annoncée partout avec Alstom. Incapable de se faire entendre par les pouvoirs publics français et d'obtenir une réponse à leurs questions, Siemens déclenche sa sortie d'Areva en janvier 2009 et va se jeter dans les bras des Russes qui attendaient ce moment depuis longtemps. Cette sortie est une erreur géostratégique colossale pour la France. Et bien entendu, elle me sera reprochée. Trop proche des Allemands un jour, pas assez proche le lendemain.

Jean-Cyril Spinetta est nommé en avril 2009 président du conseil de surveillance d'Areva. Nicolas Sarkozy le charge très publiquement de réaliser un audit d'Areva et de remettre à plat la stratégie de l'entreprise.

Jean-Cyril Spinetta s'acquitte de cette mission avec beaucoup de soin et de compétence. Il apporte toute son expérience de chef d'entreprise et remet ses conclusions au Président : le modèle intégré d'Areva est incontournable. Pas de critiques sur la gestion d'Areva, nécessité absolue de l'augmentation de capital et stratégie internationale validée. Seule concession : la vente de T&D.

L'Élysée semble avoir attendu quelque chose d'autre… Il y a déception au Château. Un rapport conforme aux attentes… sinon un autre !

Il y en aura trois en tout, annoncés chaque fois à grand son de trompes en, 2009 et 2010. Fin 2009, ce sera le rapport Roussely et, en 2010, le rapport Ricol. Cet acharnement ne sera pas très productif pour nourrir les thèses de l'Élysée. Mais forcément destructeur pour nos intérêts internationaux.

Il y a quatre grands de l'énergie en France : EDF, Total, GDF Suez et, désormais, Areva. Christophe de Margerie (Total), Gérard Mestrallet (GDF Suez) et moi-même ; nous nous sommes toujours très bien entendus. Le président d'EDF, Pierre Gadonneix, a préféré, lui, faire cavalier seul. Son mandat arrive à renouvellement à la fin de l'année 2009 et le gouvernement de François Fillon ne fait pas mystère qu'il ne le reconduira pas dans ses fonctions.

Tous trois, nous pensons qu'il serait judicieux que le nouveau patron d'EDF s'entende bien avec ses autres collègues. Non pas par souci de convivialité mais parce qu'il serait alors possible de parler ensemble, de constituer – au-delà de nos différences et de l'intérêt respectif de nos entreprises – une véritable « équipe de France » dévolue à l'énergie. Plus soudés, plus forts. Sans hiérarchie.

N'étant pas moi-même en odeur de sainteté au Palais, ce sont Christophe de Margerie et Gérard Mestrallet qui vont porter et défendre cette idée. Dans d'autres pays, cette démarche apparaîtrait comme du pur bon sens. Mais nous sommes en France, où un seul homme décide : Nicolas Sarkozy. Non seulement cette démarche va être rejetée (« des industriels qui se préoccupent de stratégie industrielle, quelle horreur ! ») mais, qui plus est, Nicolas Sarkozy court-circuitant son Premier ministre décide de nommer à la tête d'EDF un autre de ses convives du Fouquet's : Henri Proglio, ennemi juré de Gérard Mestrallet. Henri Proglio clame très vite qu'il est désormais « capitaine de l'équipe de France nucléaire »... tout en refusant le jeu avec le reste de l'équipe.

J'ai croisé quelques fois Henri Proglio. Je le connais un peu. J'ai été nommée en 2000 au conseil de Suez – c'est-à-dire, pour lui, le camp ennemi – et il n'a jamais manqué une occasion de me souffler que cette entreprise courait à sa perte et que je devais démissionner rapidement pour ne pas être éclaboussée.

Nous nous rencontrons quelque temps avant sa nomination pour un petit déjeuner qui dure une heure trente au siège d'Areva. Des échanges de propos aimables mais stratégiques. Je lui explique les grandes problématiques auxquelles le nucléaire est confronté. Ce n'est pas lui faire injure que de dire que le nucléaire n'est manifestement pas son domaine. Sa prudence me paraît de bon augure : « Je vais voir quand je serai chez EDF, je verrai à ce moment-là les dossiers. »

Je suis une incurable optimiste !

En fait, il réserve ses annonces pour d'autres cénacles. En ouvrant *Les Échos* du 18 novembre 2009, je suis stupéfaite en lisant en une son ambition affirmée de vouloir réorganiser le nucléaire français derrière EDF, tout en s'interrogeant sur l'existence même d'Areva. J'appelle son grand ami François Roussely, qui joue le poisson pilote en sa faveur dans le système EDF, pour lui faire part de ma stupeur :

« Je ne comprends pas très bien, je viens de lire *Les Échos*…

– Ah, tu as vu… lâche-t-il sur un ton embarrassé.

– J'aurais du mal à ne pas le voir : c'est en première page.

– Je ne comprends pas qu'il ait dit ça, pourquoi a-t-il dit ça ? concède-t-il dans un murmure. Je l'appelle », conclut-il.

Parle-t-il du fond ou du bon moment pour le dire ?

Un quart d'heure plus tard, appel d'Henri Proglio.

« Anne, tu as vu *Les Échos* ? » (Décidément, ils pensent que je ne lis pas la presse ?) Il s'attend, j'imagine, à ce que je sois en colère. Je lui réponds très posément :

« Oui, oui, j'ai vu *Les Échos*.

– Tu comprends, c'est incroyable, poursuit-il, je n'ai jamais dit ça, comment ont-ils osé écrire des choses pareilles ? C'est n'importe quoi ! »

Moi, toujours très calme :

« Tant mieux Henri, tu me fais plaisir parce que quand j'ai lu ça, je n'ai pas compris ces propos… Mais bon, maintenant que tu m'assures que ce n'est pas vrai, il n'y a pas de problème !

– Ça va alors ?

– On ne peut mieux. Tu vas donc pouvoir faire un démenti. »

Survient un long, très long silence avant que mon interlocuteur ne s'éclaircisse la voix.

« Un démenti sur quoi ?

– Sur ce qui est écrit. J'ai lu qu'Areva n'est peut-être pas une bonne idée. Que tu réfléchis à notre démantèlement. Tu n'ignores pas également que nous sommes en pleine compétition pour quatre réacteurs à Abu Dhabi, et tu dis – ou on te fait dire – que l'EPR n'est pas le bon réacteur, que tout est à revoir. Bonjour le soutien !

– Je n'ai pas dit ça !

– Reprends l'article. Ils te le font dire », lui dis-je, toujours conciliante.

Il commence à relire le premier paragraphe à haute voix au téléphone, puis il s'arrête, grogne et lance : « Bon, euh… bon, oui, bon. Je te rappelle tout de suite ! »

Il ne m'a jamais rappelée, et il n'y a jamais eu, bien sûr, aucun démenti. Comment a-t-il pu faire de telles annonces, avant même sa nomination et malgré tout être nommé ? Deux mois plus tard arrivent les révélations sur sa double présidence et sa double rémunération chez Veolia et EDF. Est-il bien raisonnable de vouloir cumuler les présidences d'EDF et de Veolia, de parler du démantèlement d'Areva et d'annoncer que l'on est le « capitaine de l'équipe de France » ?

La ministre de l'Économie, Christine Lagarde, intervient sur les ondes en rappelant que c'est l'État qui fait les arbitrages et non EDF. Cette mise au point laisse Henri Proglio souverainement indifférent. Il s'en va, répétant que « c'est lui le patron maintenant » et que « c'est lui qui va prendre les décisions ».

François Fillon décide alors d'une visite du chantier de construction de l'EPR situé dans la Manche à Flamanville. Henri Proglio et moi-même sommes invités. Le Premier ministre veut mettre un point d'arrêt à l'effet désastreux des sorties d'Henri Proglio. Nous sommes réunis pour une belle photo de famille. Le patron d'EDF s'acharne durant toute la visite à pianoter nerveusement sur son smartphone comme si sa vie en dépendait. Il fera une tête épouvantable durant le discours de François Fillon vantant « le modèle intégré » d'Areva et, surtout, réaffirmant le souci de l'État d'être le seul stratège et pilote de la filière. Nous sommes assis côte à côte. C'est le président d'un grand client d'Areva. Je suis très aimable.

À peine revenu à Paris, Proglio récidive. Il théorise sur le fait qu'il lui appartient maintenant de vendre lui-même les réacteurs d'Areva. C'est comme si Air France décidait de vendre les avions d'Airbus aux concurrents d'Air France. Imaginerait-on alors Lufthansa ou British Airways acheter des avions à Air France et dépendre ainsi de leur concurrent ?

L'épisode Bouygues-Alstom a créé beaucoup de malaises. Mais là, le risque pris dépasse franchement l'entendement. L'enjeu est simple à comprendre : comment convaincre les électriciens étrangers qu'ils peuvent investir dans les produits de long terme (nos contrats sont de longue durée) d'une entreprise vouée au démantèlement ? Ou à passer sous la coupe d'un de leurs concurrents ?

On imagine sans peine les interrogations au niveau international sur la comédie qui était en train de se jouer à Paris.

Nos clients ne comprennent plus rien. Ils s'inquiètent. Je dois passer beaucoup de temps avec eux pour les rassurer.

Je leur dis : « Vous avez vu, on vous a raconté la fusion d'Areva-Alstom, on vous a raconté le rapprochement Alstom-Bouygues pour contrôler Areva, on vous a raconté tant de choses, mais rien de tout cela ne s'est produit. La rationalité s'appliquera là aussi. » J'appelais nos interlocuteurs internationaux à une rationalité qui n'a plus cours dans un pays où sifflent les balles réelles. Les équipes d'Areva sont aussi stupéfaites de ce nouvel avatar. Stupéfaites, inquiètes et bientôt sous une nouvelle pression.

D'autant que le premier démantèlement a bien eu lieu, avec l'épisode T&D. Alors que je continue de demander en vain une augmentation de capital, les pouvoirs publics me donnent l'ordre de participer au financement en vendant à Alstom la branche T&D, une activité qui réalise maintenant 5 milliards d'euros de chiffre d'affaires. L'Élysée en fait un préalable à l'augmentation de capital. Comme je l'ai expliqué auparavant, cette branche avait été achetée à Alstom qui souhaitait la récupérer, faute d'être parvenue à mettre la main sur Areva. J'avais parfois l'impression qu'Areva était la Pologne au congrès de Vienne.

C'est un véritable traumatisme interne. Les salariés de T&D veulent rester chez Areva. Les syndicats résistent jusqu'au bout, ils demandent : « Faites-nous l'augmentation de capital ! Ce n'est pas possible ! » Ils organisent une conférence de presse au Fouquet's, symbole des appétits successifs sur Areva. Enfin, à l'été 2009, l'Élysée décide que, dans l'augmentation de capital à venir, nous aurons trois actionnaires minoritaires. Ou, plus exactement, deux plus un puisque le troisième – Mitsubishi – est arraché de haute lutte par Matignon puis éliminé par l'Élysée. Les deux premiers sont : les fonds souverains du Qatar et du Koweït.

Pourquoi les Qataris et les Koweïtis ? Pourquoi pas de prospection préalable vis-à-vis d'autres actionnaires dans le monde, pourquoi pas la Bourse, pourquoi pas monsieur et madame Martin ?

Qu'est-ce qui rend l'Élysée et ses locataires si sensibles au parfum de l'Orient ? Je ne peux rien en dire, n'ayant pas été associée à cette nouvelle géostratégie, pas plus que Jean-Cyril Spinetta, le président du conseil de surveillance d'Areva.

# 10

# Les amitiés sélectives

*Le despotisme anonyme d'une oligarchie est quelquefois aussi effroyable et plus difficile à renverser que le pouvoir personnel aux mains d'un bandit.*

Arthur ARNOULD,
*L'État et la révolution*

Le premier contact d'Areva avec les Émirats arabes unis remonte à 2007. À sa demande, je rencontre dans un grand hôtel parisien Mohammed Al Moubarak, le patron des grands projets à Abu Dhabi. Il est dynamique et intelligent. Il ne tarde pas à me dire : « Peut-être serez-vous surprise, nous voulons faire du nucléaire. Nous estimons qu'Areva est une référence dans ce domaine. Est-ce qu'une collaboration vous semble possible ? »

Je lui réponds bien sûr avec enthousiasme, tout en expliquant que le nucléaire est une grande et longue démarche, qu'il y a des traités internationaux à respecter, qu'une autorité de sûreté doit être créée et que ses personnels doivent être entraînés par une autorité existante… Il sourit et, d'un geste ample, me signifie que cela peut être réglé rapidement.

Après quelques échanges très positifs, je me dis que le projet prendra peut-être un peu plus de temps qu'il ne le pense. Or, les haies vont être franchies à une vitesse sans précédent. À commencer par une des plus hautes et ardues : la création d'une autorité de sûreté.

Historiquement, l'autorité de sûreté française, le gendarme du nucléaire, a formé l'autorité de sûreté chinoise et l'autorité de sûreté sud-africaine. Cela a pris du temps : trois, quatre, voire cinq ans. Abu Dhabi ira embaucher des gens chez les autorités de sûreté avec des gros chèques. Parallèlement, les négociations internationales se déroulent à un rythme exceptionnel : États-Unis, Canada, Russie, Chine, Corée, France, tout le monde est sur les rangs pour fournir les futures centrales et personne ne veut être en reste.

Dès le départ, les relations avec ce client potentiel vont être marquées du sceau de l'originalité. Rappelons qu'Areva ne peut pas vendre une centrale nucléaire à un client qui n'est pas un électricien nucléaire. Quand on vend une centrale à Helsinki, on ne la vend pas à la Finlande mais à un électricien nucléaire finlandais qui sera capable de la faire fonctionner. Là, dans un pays où il n'y en a pas, où il n'y en a jamais eu, nous devons trouver une solution. Ce n'est pas le métier d'Areva. Nous nous mettons donc en chasse d'un électricien candidat pour aller travailler à Abu Dhabi.

Très naturellement, je vais voir le président d'EDF et lui dis en substance : « Abu Dhabi veut faire du nucléaire, c'est sérieux. Les Émirats sont apparemment prêts à mettre les moyens afin d'y parvenir. » Pierre Gadonneix hausse les épaules et me rétorque : « Mais non, Anne, je n'y crois pas. Cela ne peut pas les intéresser. Ces pays-là ont plein de pétrole et de gaz. » En prenant des précautions oratoires pour ne pas le froisser, je lui réponds que « ces pays-là » ne disposent pas de réserves d'hydrocarbures inépuisables, qu'ils veulent économiser le pétrole qu'ils brûlent pour leur production intérieure d'électricité et augmenter leurs exportations. Le nucléaire et les énergies renouvelables sont alors indispensables dans leur mix énergétique. Mais Pierre Gadonneix s'entête : « Non, non, non, je n'y crois pas. »

Je retourne le voir quelques mois plus tard alors que le projet a mûri. Nouveau refus mais, cette fois, pour une autre raison. Le président d'EDF me répond que les Émirats ne font pas partie des priorités stratégiques définies par son entreprise : « Notre stratégie nous porte vers les États-Unis, l'Afrique du Sud, la Grande-Bretagne et l'Italie. Désolé, ça n'entre pas dans notre cadre, EDF n'y ira pas. »

Il y a deux solutions. La première est d'abandonner toute velléité de concourir pour ce contrat, faute d'avoir obtenu le soutien d'EDF. La seconde est de trouver un autre électricien. Nous ne nous laissons pas abattre. Je vais trouver GDF Suez et demande à son président Gérard Mestrallet s'il est intéressé par le projet. L'entreprise est le premier producteur d'électricité nucléaire en Belgique *via* Electrabel avec sept réacteurs. La réponse est immédiatement positive, d'autant que GDF Suez est déjà implanté dans les Émirats pour y avoir installé, à Abu Dhabi, des usines de dessalement d'eau de mer et des turbines à gaz pour produire de l'électricité. Nous sommes rejoints par Total. Christophe de Margerie souhaite découvrir le nucléaire et connaît parfaitement Abu Dhabi.

Nous montons donc une structure composée à 45 % de GDF Suez, à 45 % de Total et à 10 % d'Areva. Total définit ses relations avec les Émirats comme « intimissimes » ; notre projet pourrait peut-être passer de gré à gré.

Manque de chance, en dépit du caractère excellent des relations entre Total et Abu Dhabi, les Émirats lancent un appel d'offres. D'ailleurs, pour s'assurer d'un maximum de compétition, les Émiratis font pratiquement le tour de la planète, expliquant que tout le monde a ses chances. Sept groupes, au final, sont sélectionnés. Puis trois : un américain (General Electric associé à l'électricien Exelon), un sud-coréen (Kepco, associé à KHNP) et le groupement français.

Depuis longtemps, les Coréens s'efforcent de s'internationaliser. Ils ont essayé en Afrique du Sud, en Finlande, à vrai dire un peu partout, et ont échoué chaque fois. Ils ont donc des revanches à prendre. Et pourtant – c'est l'analyse dominante, et je la partage –, les Américains nous semblent être des concurrents bien plus sérieux. Les liens d'Abu Dhabi avec les États-Unis sont étroits. Dans toutes les grandes compétitions internationales, il entre également une dimension politique. Enfin, la sélection des Coréens est perçue comme destinée surtout à faire baisser les prix.

Nous nous disons aussi que nous avons le produit le plus adapté puisqu'il est susceptible de résister à tout dans une des régions les plus instables du monde. Qu'il s'agisse de chutes d'avions, d'actes de guerre, de terrorisme, de situations extrêmes, l'EPR a la conception de loin la plus sûre.

Le premier problème provient des deux buts poursuivis en même temps par l'Élysée : vendre des avions de combat Rafale et vendre du nucléaire. Malheureusement, l'exécutif français est persuadé qu'il peut avoir gain de cause dans ces deux domaines. Résultat : chacune des négociations va se trouver bridée par l'autre.

Le deuxième problème est le camouflet que l'État français va infliger publiquement à GDF Suez début 2009. Une autre compétition, démarrée en France en 2008, bat son plein. Qui construira le deuxième EPR français : EDF qui a déjà obtenu de construire le premier ou GDF Suez ? Voir deux électriciens se disputer l'autorisation de construction d'un EPR est alors assez délicieux pour Areva. Mais, dans ce cas particulier, le choix est scruté par Abu Dhabi.

La CGT et l'intervention lourde de Jean-Louis Borloo vont faire pencher la balance en faveur d'EDF qui sera une nouvelle fois choisie. Les

Émiratis m'interrogent presque immédiatement et soulignent : « Areva, on vous aime bien, mais pourquoi êtes-vous associés avec GDF Suez et Total ? Les équipes de Total, elles ne connaissent rien au nucléaire, c'est clair. Mais s'agissant de GDF Suez, votre gouvernement, quand il a le choix entre cette entreprise et EDF, qui prend-il ? EDF. Pourquoi voudrions-nous d'un opérateur dont le gouvernement français ne veut pas ?

Le secrétaire général de l'Élysée, Claude Guéant, qui suit ce sujet avec passion, comme celui des Rafale, entend la même musique. L'exécutif commence lentement à prendre conscience des conséquences. EDF refuse toujours de nous accompagner, rappelant ses priorités stratégiques.

L'Élysée fait pression pour qu'EDF entre dans le projet. Dans le bureau de Claude Guéant, se multiplient les réunions avec Pierre Gadonneix, Christophe de Margerie, Gérard Mestrallet et moi-même. Mais EDF s'arc-boute sur sa position. Ce petit jeu va durer six mois pendant lequels EDF va lentement et peu à peu revoir sa position. Six mois précieux durant lesquels nous perdons le contact avec le client.

Claude Guéant négocie en lieu et place de notre structure. Au final, EDF accepte d'entrer dans le jeu mais il est trop tard. Je me suis battue jusqu'au bout. Je pense que nous aurions eu une décision différente si, le 31 janvier 2009, l'exécutif, faisant taire ses calculs politiciens, avait opté pour GDF Suez comme opérateur du deuxième EPR, ou avait remis cette compétition à une période ultérieure.

À la fin, tout est – comme c'est curieux – ma faute. Le TGV d'Alstom a perdu un gigantesque contrat en Arabie Saoudite, cela a fait en tout quelques articles. Là, la communication se déchaîne. Je vois fleurir des titres comme : « Abu Dhabi, la honte ». L'EPR est dénoncé comme un mauvais réacteur, trop gros, trop cher, trop ceci, trop cela.

Rappel nécessaire, tant l'usine à intox a fonctionné à plein régime : j'ai hérité de l'EPR qui a été conçu et dessiné par mes prédécesseurs français et allemands, un réacteur hypersûr mais très gros (1 600 mégawatts).

Avant l'intervention de beaucoup de donneurs de leçons de la dernière heure et de spécialistes improvisés, j'étais persuadée qu'il fallait un réacteur plus petit, parce que mieux adapté à certains marchés. C'est la raison pour laquelle nous avons développé dès 2007 une alliance avec Mitsubishi pour pouvoir aller plus vite, disposer de davantage d'ingénierie, subir des coûts de développement moindres et bénéficier des financements japonais à l'export. Nous lançons alors le concept d'un nouveau projet de réacteur baptisé Atmea, de 1 000 mégawatts. À l'époque, EDF ne veut pas entendre parler de ce projet. Mille mégawatts : cela lui apparaît insuffisant, d'où son refus d'y être associé. Curieusement, en 2010, quand la polémique anti-EPR enfle, François Roussely affirme que le projet Atmea ne sera prêt que dans dix ou quinze ans. Henri Proglio ira jusqu'à nier l'existence même d'Atmea ! Ce qui est proprement surréaliste puisque ce réacteur a reçu le feu vert de l'autorité de sûreté nucléaire début 2012.

La raison de cette attitude étonnante s'explique – si tant est qu'il s'agisse d'une explication – par la volonté du haut management d'EDF de développer un réacteur franco-chinois en repartant de zéro, quitte à perdre cinq ou six ans minimum.

Pourquoi abandonner les droits de propriété intellectuelle existant sur les réacteurs de génération trois ? Henri Proglio et ses amis n'en font pas mystère, ils souhaitent créer une industrie nucléaire chinoise qui sera en mesure d'approvisionner la France et l'international. Ce serait là la mort programmée d'Areva. Et ils envisagent tout cela avec un souverain détachement et une grande liberté de ton sans être rappelés à l'ordre. Et pour cause. Un axe est en place : Claude Guéant, Jean-Louis Borloo, François Roussely, Jean-Dominique Comolli, Alexandre Djouhri, chacun son rôle. La machine étatique pour certains, l'entreprise et les contrats lucratifs pour huiler les relations pour d'autres. Tous unis, tous solidaires, tous frères.

Atmea contrarie les plans d'Henri Proglio et de ses amis proches ? Pffft, Atmea n'existe plus. Anne Lauvergeon nous gêne ? Pffft, il faut la dégager. GDF Suez est un grand acteur de l'énergie qui réussit ? Pffft, éliminé dans le rapport Roussely sur la réorganisation de la filière nucléaire française. Tous les arbitrages sont gagnés par Henri Proglio, quel que soit le sujet, qu'il s'agisse de GDF Suez, d'Areva ou de Total. Jean-Louis Borloo, qu'il appelle « mon frère », est aux petits soins. Henri Proglio est entouré, bichonné, cocooné. Je sourirai plus tard en lisant qu'il a voulu débarquer le patron de Veolia au profit du patron du parti radical. Alors que j'avais des relations ouvertes avec Jean-Louis Borloo, je sens tout de suite que je deviens celle qui empêche le poulain (Proglio) de se « déployer ». Car, pour ce dernier, je suis l'ennemie. Je n'ai rien fait, je n'ai pas bougé d'un millimètre, mais dans les réunions il juge ma seule présence comme une agression. Il m'attaque en public, avec régularité.

Je suis dans la position où je suis obligée de tout encaisser. Zen. Donc je reste aimable, je souris, et je ne réagis jamais aux provocations qui ne cessent pas.

Ce qui est en revanche souvent dur à avaler, c'est que les médias nous renvoient dos à dos, présentant notre conflit comme une bataille d'ego. Attristant.

Je me suis souvent crue dans un mauvais film. Les attaques permanentes étaient lancées alors même que nous menions l'opération d'ouverture du capital d'Areva, retardé à deux reprises par l'Élysée. La réputation d'Areva dans le monde, le formidable dévouement des équipes, et même mon surnom d'« Atomic Anne » ont été utiles pour couvrir ces agitations qui montaient parfois des égouts.

À l'été 2010, François Roussely remet enfin son fameux rapport. Choisir un banquier d'affaires pour une mission de restructuration de l'industrie nucléaire est sans précédent. La commission qu'il préside est composée à 50 % d'anciens ou d'actuels dirigeants d'EDF, de Veolia ou de prestataires de services de ces sociétés. Quant à François Roussely, président d'honneur d'EDF, il préside aux destinées du Crédit Suisse en France dont les premiers investisseurs sont… les Qataris. Ces derniers ont aussi donné à Crédit Suisse un mandat concernant Areva. Les Qataris, choisis par l'Élysée pour l'augmentation de capital, préfèrent finalement les activités minières, dont François Roussely, dans son rapport, préconise l'ouverture à des investisseurs extérieurs.

Étrange rapport dont François Roussely ne présentera qu'une version très expurgée. Le reste étant classé « secret défense ». EDF est consacrée comme acteur central. Cependant, une partie finira par fuiter. Elle fait plutôt froid dans le dos puisque c'est une longue critique de cette vision de la sûreté excessive, soulignant qu'il faut revenir aux normes de sûreté « normales » et que ce n'est pas la peine dans ce domaine de chercher à faire plus et mieux. Au dernier moment, l'exécutif va reculer, craignant la polémique et aussi la réaction de l'autorité de sûreté nucléaire.

À la rentrée 2010, revient sur la table la question de l'ouverture du capital d'Areva. Sous la pression de Patrick Kron à l'Élysée, Mitsubishi est éliminé, malgré les engagements formels du Premier ministre au Japon. Les Qataris aux réseaux multiples font savoir qu'ils ne veulent plus entrer dans Areva mais veulent en revanche des mines d'uranium. Était-ce leur volonté ? Était-ce la dernière carte pour abattre Areva ?

En haut lieu, tout à coup, c'est ainsi. Il n'y a pas eu, rappelons-le, de mise en compétition d'investisseurs potentiels.

J'ai l'impression de ramer à contre-courant mais c'était également le cas de Christine Lagarde et

François Fillon. Il y a bien un système parallèle, des circuits parallèles et, au final, une République parallèle qui est apparue comme une résurgence dès la nomination d'Henri Proglio, propulsé d'entrée comme le patron d'une filière nucléaire qu'il ne connaissait pas.

Il y a en 2010 des réunions chez Claude Guéant sur l'Afrique du Sud. Nous y parlons du nucléaire. Sujet sur lequel Henri Proglio n'a pas appris grand-chose. C'est sans doute pour cela qu'il essaie de rattraper son ignorance par une espèce de hargne. Chaque fois que j'interviens à propos des spécificités techniques ou de la sûreté, il soupire, lève les yeux au ciel, prend ses amis à témoin, regarde sa montre, hausse les épaules pour bien montrer que je raconte n'importe quoi.

L'Afrique du Sud a lancé un nouveau plan nucléaire. Et Guéant, Borloo et Proglio sont tous persuadés qu'on peut conclure l'affaire de gré à gré, sans appel d'offres, pour peu qu'ils trouvent les bons intermédiaires.

Comme si l'Afrique du Sud n'était pas un État de droit. Comme si je ne connaissais pas la situation alors que j'ai conseillé durant dix ans le gouvernement sud-africain, comme si ce pays n'avait pas deux réacteurs nucléaires, fournis d'ailleurs par Areva…

Mais on m'explique nerveusement que je ne sais rien. Qu'il suffit de vendre des réacteurs chinois en Afrique du Sud. Je leur réponds : « C'est votre idée et votre responsabilité mais vous allez avoir un premier problème : les réacteurs nucléaires chinois ne sont pas au niveau de sûreté exigé par les Sud-Africains. J'ajoute un "détail" : les droits de propriété intellectuelle de ce réacteur appartiennent à Areva pour le reste du monde en dehors de la Chine. Ils n'ont donc pas le droit de les exporter. Enfin, le jour où est signé ce contrat, qui sera sur la photo ? Les deux présidents chinois et sud-africain, monsieur Proglio dans un coin, mais je ne vois pas où sera Nicolas Sarkozy. Et, ce qui peut vous sembler accessoire, je ne vois pas non plus le moindre emploi créé ou développé en France, je ne vois pas le moindre retour en termes de commerce extérieur. Expliquez-moi pourquoi le système français va faire la promotion des réacteurs chinois en Afrique du Sud ? Pour quelles contreparties ? »

Autour de la table, beaucoup de personnes pensent comme moi mais se taisent, je ne suis quand même pas toute seule, mais je suis la seule à m'exprimer, à oser.

On me tient des propos hallucinants sur la stratégie suivie : « Ça nous permettra d'avoir des réacteurs en France bien meilleurs, avec les Chinois… » (*sic*). Je ne m'énerve pas. D'autres réunions se tiennent, tout aussi surréalistes. On parle maintenant d'un accord où il y aurait pour moitié des réacteurs chinois, pour moitié des EPR. Je répète qu'ils n'arriveront pas à placer cette offre de gré à gré. On me répond que si. On sort du chapeau un certain Robert Gumede, intermédiaire sud-africain. Je reçois une note de Claude Guéant sous forme de relevé de décision, affirmant que l'Afrique du Sud s'exprime par la voix de cet homme à la réputation controversée. Il dit « moitié réacteurs chinois, moitié réacteurs français ». Et hop ! Tournez manège.

La décision, prise par Claude Guéant, est qu'Henri Proglio, seul, négociera cette affaire. Ils essaient même d'interdire aux gens d'Areva de mettre les pieds en Afrique du Sud. Ils ne savent pas qu'Areva était le premier fournisseur d'Eskom, l'électricien sud-africain !

Ils n'ont rien vendu. Nulle part. Dans ces conditions, c'était prévisible. Leur désintérêt pour le produit, l'EPR, est flagrant. Ce n'est pourtant pas une boîte de conserve, il y a même un certain nombre de spécificités dans le nucléaire qu'ils ne vont pas tarder à découvrir…

# 11

# Partenaire particulier

*Sire, dit le Renard, vous êtes trop bon Roi ;*
*Vos scrupules font voir trop de délicatesse.*

Jean De La Fontaine,
*Les Animaux malades de la peste.*

Nous avons tous vu, au moins une fois dans notre vie, la grande vague de Kanagawa, cette œuvre célèbre du peintre Hokusai qui a renouvelé le langage de l'estampe. Nous avions oublié que cette immense vague était aussi l'expression d'une terreur fortement ancrée dans la culture japonaise.

Une terreur qui devient réalité le 11 mars 2011. Un séisme de magnitude 9,1 au large des côtes de l'île de Honshū engendre un tsunami dont les vagues vont atteindre plus de trente mètres par endroits. Elles parcourent jusqu'à dix kilomètres à l'intérieur des terres, ravagent près de six cents kilomètres de côte, détruisent partiellement ou totalement de nombreuses villes et zones portuaires. Vingt et un mille morts et portés disparus, des destructions, des blessés et une série d'accidents industriels majeurs. Les réacteurs construits en bord de mer à Fukushima par General Electric, Toshiba et Hitachi résistent au tremblement de terre. Le personnel est évacué avec méthode. Parmi eux, il y a huit salariés d'Areva américains et allemands chargés d'effectuer des contrôles. Les réacteurs de 1 000 mégawatts sont mis automatiquement en arrêt d'urgence. Ils ne produisent plus d'électricité. La chaleur résiduelle venant des combustibles (50 à 60 mégawatts) doit être évacuée. Pour cela, de l'eau froide est mise en circulation par le démarrage de moteurs diesel.

Tout fonctionne. Jusqu'à l'arrivée d'une vague gigantesque. La digue censée protéger les réacteurs est trop basse. L'eau de mer emporte tout sur son passage, envahit tout. Les moteurs diesel sont noyés, les connecteurs installés dans les salles souterraines disjonctent. Le compte à rebours commence.

Refroidir la centrale le plus vite possible est un enjeu vital. Si rien n'est fait, les tubes de zirconium entourant les pastilles de combustible vont fondre, provoquant, en l'absence d'un recombineur d'hydrogène[1], des explosions d'hydrogène et le début d'une contamination radioactive de l'environnement. Le deuxième stade est bien pire : sans refroidissement, les pastilles de combustible réfractaires fondent au fond de la cuve.

Pour éviter ces désastres successifs, un seul mot d'ordre : refroidir, refroidir… Tout arrosage est bon

1. Un responsable de chez Tepco a refusé notre proposition d'équipement (d'un coût de 500 000 euros), un an auparavant.

pour cela, lances de camions de pompier ou même injection d'eau de mer dans le réacteur.

Personne n'aurait imaginé qu'un État aux structures aussi sophistiquées que le Japon puisse se retrouver au tapis et être incapable de venir au secours d'une centrale.

Areva se mobilise tout de suite pour proposer son aide technique à Tepco, l'exploitant de la centrale de Fukushima, et au gouvernement japonais. En plus du don d'un million d'euros fait à la Croix Rouge, nous envoyons plusieurs avions contenant des aides d'urgence. Le premier avion-cargo affrété par Areva part le 18 mars, avec à son bord 100 tonnes d'acide borique (un absorbeur de neutrons, qui permet de réguler le processus de fission) et du matériel de protection collecté auprès d'EDF et d'autres électriciens : 10 000 combinaisons, 20 000 paires de gants, 3 000 masques, une centaine d'appareils d'aide respiratoire. Un deuxième avion décolle trois jours plus tard, avec à son bord des couvertures, des bouteilles d'eau, des soupes, des médicaments. Un envoi de près de 150 tonnes. Mais sur l'essentiel, aucune réponse à nos offres. Nous savons que le temps est compté. Les images à la télévision décrivent une réalité où aucun refroidissement n'est mis en œuvre. Les explosions d'hydrogène se succèdent. Nous proposons l'envoi de camions de pompier par gros porteurs Antonov. Pas de réponse. Chaque jour qui passe, l'espoir s'amenuise. Nos cellules de crise gérées à Tokyo, Washington et Paris ne peuvent que constater que l'irrémédiable est en train de se produire.

Rentrant d'une réunion à Londres par l'Eurostar, je reçois enfin le signal que ma visite au Japon est la bienvenue. Il est 17 heures. Mon mari m'apporte une valise de cabine à Roissy. Je suis sur le premier vol pour Tokyo le 29 mars, décollant à 19 h 30. Mes enfants sont venus aussi pour me faire une bise.

J'ai laissé un message à Xavier Musca pour l'avertir de mon départ et Areva prévient Matignon et Éric Besson.

L'équipage d'un avion ANA quasi vide vient me saluer à la japonaise, en me remerciant de venir aider à sauver le Japon ! Je vais trouver à l'aéroport de Narita, en descendant de l'avion, une nuée de caméras et journalistes. Cinq experts du groupe prennent différents vols et nous nous rejoignons à Tokyo afin d'analyser l'aide susceptible d'être apportée dans le cadre de la gestion de crise. Ces experts sont, entre autres, spécialisés dans la décontamination des effluents radioactifs et la gestion des piscines d'entreposage des combustibles usés.

L'accueil des autorités japonaises est émouvant. J'aime ce pays, ses habitants. Tout le monde est traumatisé, fatigué. Les répliques sismiques continuent.

Nous commençons à nous mettre au travail tout de suite, avec Hosono San, chargé par le Premier ministre de la gestion de la crise, avec le ministre du METI[1] et avec les responsables de Tepco. Certaines questions restent sans réponse. Sur la fusion

1. Ministère japonais de l'Économie, du Commerce et de l'Industrie.

des cœurs, par exemple. Une hiérarchisation des priorités est en cours. De réunion en réunion, nous nous mettons d'accord sur la fourniture du système de décontamination de l'eau du site pour permettre le refroidissement dans des conditions adéquates.

Il faut beaucoup de tact pour dialoguer avec les entreprises japonaises. Mais ce que je ne sais pas encore, c'est que je vais devoir déployer des trésors de diplomatie sur un tout autre registre.

Profitant d'une réunion du G20 en Chine qu'il préside, Nicolas Sarkozy arrive au Japon deux jours plus tard pour lancer immédiatement une réunion des autorités de sûreté nucléaire des pays du G20 à Paris. Il a prévu de passer quatre heures au Japon. Je préviens l'ambassadeur de France au Japon que je suis à la disposition du Président pour lui faire dès son arrivée un debriefing de la situation.

L'ambassadeur me rappelle fort gêné pour me dire que le Président n'aura pas le temps et que ma présence à la réception des Français à l'ambassade n'est pas souhaitée car je risque de lui faire de l'ombre. Je reste sans voix… J'ai dû commettre, sans le vouloir, un crime de lèse-majesté. J'ai osé venir au Japon avant lui. Comme s'il y avait un ordre protocolaire dans le cas d'une catastrophe ! Les Japonais, pourtant férus en ce domaine, n'en ont pas vu en m'invitant. Je n'ai pas anticipé l'impact médiatique de mon séjour. Murs de caméras, conférences de presse, journalistes à tous les étages. Le Président estime que j'ai tenté de lui voler la vedette. Cela ne me fait pas rire. Les équipes d'Areva sont consternées.

Le chef de l'État laisse au Japon la ministre de l'Environnement, Nathalie Kosciusko-Morizet. À charge pour elle de rencontrer les hautes autorités. Durant la crise, les Japonais montrent qu'ils ne souhaitent parler à personne. Ils ne sont pas là pour discuter entre ministres ni pour « colloquer » mais pour trouver des solutions concrètes.

*A posteriori*, je comprends que ma présence ait été éprouvante pour Nicolas Sarkozy : comment accepter les remerciements du gouvernement japonais et ne pas me légitimer ?

Comment ne pas constater que, dans le désastre, ce n'est pas Henri Proglio que les autorités japonaises ont appelé ? Le capitaine, le chef de file, le pilote de l'équipe de France du nucléaire sera d'ailleurs aux abonnés absents ou presque durant cette période. Il est vrai que dans ces circonstances, connaître le nucléaire fait toute la différence. Comment admettre que j'aie eu raison contre Claude Guéant, Henri Proglio et François Roussely en défendant un nucléaire toujours plus sûr ?

Je n'ai pas de regrets d'avoir fait ce que j'ai fait. Chaque jour compte. Il est nécessaire d'agir le plus vite possible, quitte à froisser l'ego d'un prince dont je n'imagine pas qu'il a la fragilité d'un origami.

Quand je rentre à Paris, des échos sortent dans la presse, soulignant que ma venue au Japon a fortement indisposé le président de la République. Je n'y réponds pas et je me tais. Le nucléaire à Fukushima et ailleurs me paraît avoir bien d'autres priorités. Je me concentre sur Fukushima et ce que nous y faisons. Les conséquences en termes de business et d'acceptation des opinions publiques sont forcément significatives. L'émotion est à son comble en Allemagne, où le parti de la Chancelière fait face dans le Baden Württemberg à des échéances électorales difficiles. Ce fief CDU est menacé par les Verts. Angela Merkel décide de revenir sur sa décision d'allongement de la vie des dix-neuf réacteurs nucléaires allemands, et d'arrêter arbitrairement les huit les plus anciens. Bien qu'ayant obtenu le plus de sièges, la CDU doit céder la présidence du land à une coalition Verts/SPD, dirigée par un ministre président du parti Vert, ce qui est une première en Allemagne. Les Badois ont préféré l'original à la copie.

En France, le niveau émotionnel est fort également, même s'il est plus mesuré. Les Britanniques restent beaucoup plus flegmatiques. La première zone sismique est à 1 600 km de leurs côtes, et une digue bien calculée jugulera tous les tsunamis. Même réaction dans les pays scandinaves, en Pologne et Tchéquie (et pour cause).

Aux États-Unis, les Américains auront collectivement le même pragmatisme. Quelle hétérogénéité !

Les conséquences pour Areva sont difficiles à mesurer à chaud, au-delà des effets directs sur les approvisionnements des réacteurs japonais accidentés et des réacteurs allemands arrêtés.

Les stress-tests demandés par les autorités de sûreté vont entraîner des travaux, dont certains sont dans les domaines de compétence d'Areva.

Il est à craindre en revanche, que les décisions sur les nouveaux réacteurs soient décalées, ce qui devrait peser sur l'ingénierie d'Areva.

La grande inconnue reste le prix de l'uranium. La baisse ressentie après Fukushima va-t-elle s'accélérer ? S'arrêter ? L'impact est potentiellement fort sur les résultats d'Areva.

Le bien-fondé de notre démarche visant à ne jamais transiger avec la sécurité est généralement très reconnu. Cela donne une crédibilité supplémentaire à Areva pour la période qui s'ouvre. Pour la presse anglo-saxonne, le maintien à la tête d'Areva d'« Atomic Anne » relève de l'évidence. Beaucoup de clients me font part de leur soutien. Le patron de Duke Energy (États-Unis) ira même jusqu'à faire un appel en ma faveur sous forme de tribune dans la presse américaine. Du jamais-lu. Les syndicats appellent à ma reconduction, ce qui est également assez atypique en France.

L'embarras est patent à l'Élysée. Ce qui a pour effet immédiat d'écarter définitivement certaines candidatures du type de celle de Yazid Sabeg, grand ami d'Alexandre Djouhri, qui annonçait à qui voulait l'entendre qu'il allait me succéder avant le terme de mon mandat. Les semaines passent. L'urgence d'une décision est plus que jamais évidente dans le nouveau contexte.

Les tentatives de déstabilisation reprennent néanmoins, les traquenards se préparent. Sous les coups de boutoir, quelques loyautés internes, peut-être fragiles, vacillent. Luc Oursel, membre du directoire, va déclarer sa candidature sans m'en aviser. Je l'apprends cependant très vite et ne m'en inquiète guère : le comité spécial du conseil de surveillance ne le retient pas parmi les six finalistes.

Jean-Cyril Spinetta, le président du conseil de surveillance et de ce comité n'en fait pas mystère : je suis la meilleure candidate à ma propre succession. J'ignore que, à cette époque où Areva est mobilisée sur Fukushima, mon mari et moi sommes espionnés. Quel choc quand nous apprenons cela en décembre 2011 ! Épiés par une officine aux frais d'Areva... C'est la négation de toutes les valeurs que nous avons collectivement défendues dans le groupe.

L'organisation spécialement mise en place par le Conseil des ministres du 3 août 2010, pour les présidents en fin de deuxième mandat ne sera pas suivie. Ni dans son timing, puisque la décision tombera deux semaines seulement avant la fin de mon mandat ni dans sa gouvernance : le choix de Nicolas Sarkozy ne suivra en rien les recommandations réitérées par le comité et Jean-Cyril Spinetta.

Pendant cette période, Nicolas Sarkozy se refuse à tout entretien avec moi.

Comme je l'ai relaté dans le prologue, je suis reçue par le Premier ministre François Fillon qui m'annonce ma non-reconduction à la tête d'Areva. Reste à rencontrer le parrain de cette décision.

Le lundi, en fin d'après-midi, je me rends donc à l'Élysée. Je m'attends à traverser la cour et à rencontrer des journalistes. Mais on me fait entrer par une porte dérobée. Cette arrivée est pourtant loin d'être discrète puisque l'on a cru devoir déployer un dispositif impressionnant pour m'éviter tout contact avec les agences de presse.

Une fois dans les murs, je monte directement au premier étage pour être accueillie par le secrétaire général adjoint actuel, Jean Castex. Nous patientons deux minutes ensemble, pendant lesquelles il m'explique que, en l'absence de Xavier Musca, il assistera à l'entretien avec le président de la République.

Derrière l'huissier, je traverse mon ancien bureau, transformé en salle de réunions. Les délicates peintures vert d'eau passé ont été refaites dans des tonalités quelque peu « nouveau russe ». La nostalgie ne fonctionne pas.

J'entre dans le bureau présidentiel. Nicolas Sarkozy est en chemise blanche, manches retroussées et cravate noire, sans veste. Je m'amuse une fraction de seconde à imaginer François Mitterrand ou Jacques Chirac avec le même look.

Rapidement, il s'installe dans un canapé entre deux consoles. Sur l'une trône une photo de Nelson Mandela, sur l'autre est disposée une petite caricature de lui. Ce qui laisse rêveur sur l'idée même que l'on puisse imaginer un quelconque lien entre les trajectoires de ces deux hommes. Tout dans le corps et la gestuelle du chef de l'État suggère qu'il souhaite avoir un entretien détendu. Il ne sera pas déçu.

Je commence par lui répéter ce que j'ai dit quelques jours auparavant à Xavier Musca : ce rendez-vous n'a pas grand sens puisque sa décision a été prise et qu'il est regrettable que je ne le voie que maintenant alors que j'ai sollicité un entretien en vain ce dernier semestre.

« Mais si, mais si, il faut qu'on se parle, dit-il sur un ton presque badin. On a beaucoup de choses à se dire. Il faut vraiment que l'on puisse s'exprimer librement… »

Il se redresse, me regarde droit dans les yeux, me sourit et commence :

« Tu comprends, j'ai décidé que tu n'auras pas de troisième mandat parce que être président d'Areva [il fait semblant de chercher ses mots], c'est comme être président de la République. Voilà. Si tu es président, tu n'as pas le droit à un troisième mandat. Tu le sais, ça… c'est logique.

– Je trouve cette raison formidable, dis-je. Je ne savais pas que l'on jouait dans la même catégorie. Je n'imaginais pas la présidence d'Areva inscrite dans la Constitution. »

Mon ton ironique ne le démonte visiblement pas puisqu'il continue :

« Tu vois, la seconde raison du non-renouvellement de ton mandat, ce sont tes relations avec Henri Proglio. Cela ne pouvait pas durer, ces relations difficiles. Trop compliqué. »

Je lui fais remarquer que je suis d'accord avec lui mais que les agressions ont toujours été unilatérales. Avant même sa nomination à la tête d'EDF, Henri Proglio n'a eu de cesse de critiquer Areva puis de multiplier les attaques à mon encontre, auxquelles je me suis bien gardée de répondre sur le même ton et de la même manière.

Nicolas Sarkozy sur ce point botte en touche en concédant que les torts sont partagés, et préfère me parler d'Untel ou d'Untel qui, en dernière ligne droite, sa ligne droite, m'a « lâchée ». Comme si cela avait encore une importance. Comme si cela ne fleurait pas la cour de récréation.

Je décide de passer à l'offensive :

« Je suis contente que nous nous parlions franchement car j'ai un certain nombre de choses à te dire.

– Ah.

– Oui. Je voudrais te dire que, globalement, je te reconnais une véritable intuition sur le nucléaire. Tu as une vraie compréhension de ce que doit être l'énergie nucléaire civile à travers le monde. »

Je le vois qui se rengorge un peu dans le canapé.

« Oui, oui, dit-il satisfait, mais je ne suis pas le premier, il y a une longue liste de présidents...

– Certes, mais je te reconnais clairement ce mérite, même si tu as commis cinq erreurs majeures.

– Des erreurs ? »

Cette fois, il se raidit.

« Oui. Des erreurs, et des erreurs graves. La première : le fait de penser qu'Areva pouvait finir dans le giron de Bouygues.

– Mais non, cela n'a jamais été mon intention.

– Écoute, ne me prends pas pour une idiote, j'ai tous les éléments...

– Oui, bon, enfin, tu as bien vu que, finalement, on ne l'a pas fait.

– Cette pression a duré un an et demi. Elle a engendré le départ de Siemens et les a poussés dans les bras des Russes.

– Ça n'a pas donné grand-chose.

– La deuxième erreur est une erreur de casting avec Henri Proglio. Une grave erreur. Certes, il sait faire des choses que je ne sais pas faire ou plutôt que je me refuse à faire, je le reconnais tout à fait.

– Attends, proteste Nicolas Sarkozy, je t'arrête tout de suite : je n'avais pas le choix.

– Pas le choix ?

– Eh oui ! Qui pouvais-je nommer président d'EDF ? Le choix évident était le patron d'Alstom, Patrick Kron, mais je savais les difficultés qu'allait rencontrer l'entreprise.

– Les difficultés d'Alstom ? dis-je. Siemens n'a pas de difficulté.

– D'accord, d'accord [conciliant], mais si j'avais nommé Patrick Kron, j'aurais dû trouver quelqu'un d'autre pour Alstom. Pour EDF, il y avait aussi toi, bien sûr. Mais tu ne me l'as pas demandé. C'est vrai ou c'est pas vrai ? »

Là, il marque un point grâce à l'effet de surprise. Entre mon troisième mandat qui se calque sur ceux des présidents de la République et le fait que je n'aie pas demandé la présidence d'EDF, l'heure est au baroque. Je n'ai aucune intention néanmoins de m'arrêter là.

« Troisième erreur : la commission Roussely. Organiser une commission pour clamer au niveau international que le nucléaire français a un grave problème, c'est bien la pire opération marketing que j'aie jamais vue. Extraordinaire ! Une contre-publicité pendant près d'un an. La France ne croit plus dans sa propre industrie, doute de ses produits. Et on donne le sentiment qu'on va tout changer, qu'EDF doit être le seul acteur international, alors qu'Areva a fait la course en tête depuis au moins cinq ans. GDF Suez, Total, Areva ? Des comparses de seconde zone. On explique que nos produits ne sont pas bons, que l'EPR est trop sûr… Quant au choix de François Roussely, il demeure étrange de nommer un banquier d'affaires et ancien patron d'EDF pour traiter de la restructuration d'une filière industrielle où EDF est partie prenante. Je n'ai pas lu le rapport que tu as fait classer « secret défense », mais la partie officielle est une copie de Sciences Po, première année, notée 8 sur 20.

– Oui, enfin bon, d'accord, mais il faut bien qu'on comprenne. »

Je continue imperturbablement.

« En 2009 et 2010, vous arrêtez deux fois le processus d'augmentation de capital d'Areva, vous remettez en cause tous les systèmes, vous commencez le démantèlement d'Areva avec la vente de T&D… à Alstom et Schneider. Vous nous obligez alors à faire une course en sac. »

J'enchaîne rapidement pour qu'il ne puisse pas m'interrompre.

« Quatrième erreur : tu as laissé s'installer un système parallèle, opaque, qui obéit à ses propres règles et qui ne sont pas les intérêts du nucléaire. J'ai vu à l'œuvre Claude Guéant…

– Non, Anne, quand même, je ne peux pas te laisser dire cela, tu exagères !

– Claude Guéant. Tu vois, ce que je suis en train de te dire actuellement, je le dis devant Jean Castex. Je ne le connais pas mais il a une bonne réputation. Je n'aurais pas parlé ainsi si Claude Guéant avait été avec nous.

– Claude s'est beaucoup dévoué à notre cause », lâche le président de la République dans un aveu stupéfiant.

La cause ? Je ne sais pas de quelle cause il parle en l'occurrence. Et je continue d'enchaîner les noms de ses amis dans cette galaxie étrange : Proglio, Djouhri, Roussely…

« Mais, Anne, tu en oublies, s'amuse-t-il.

– Mais attends…

– Non, tu en oublies : Borloo et Villepin ! Car, tu sais, je suis victime de tous ces gens-là. »

Et le Président de répéter cette phrase. Là, j'éclate de rire.

« Écoute, c'est formidable : tu es victime, je suis victime, nous allons pouvoir créer un syndicat des victimes.

– Je vois que tu ne me crois pas mais je suis aussi victime des mêmes, répète-t-il.

– Admettons.

– Cinquième erreur : mon éviction. Tu as vu ce qui s'est passé à Fukushima. Tu as vu combien cette défense d'un nucléaire pas cher à basse sécurité avait vu son acte de décès signé à cette occasion. Dieu sait pourtant si j'ai été critiquée durement par tes amis et dans cette maison sur ces deux sujets. Le nucléaire ne peut se faire que dans le plus grand niveau de sûreté et de sécurité. J'avais raison et, quand je dis « je », il s'agit de l'entreprise Areva qui a défendu une philosophie française du nucléaire : plus de sûreté, plus de sécurité.

– Ah, mais moi je suis pour tout ça ! proteste le président de la République. Tout à fait pour.

Le nucléaire doit être de plus en plus sûr, je l'ai toujours dit.

– Certes, certes, mais beaucoup de personnes ont dit et fait exactement le contraire en se réclamant de ton nom.

– Je trouve que tu simplifies beaucoup.

– Non. Personne n'est irremplaçable. Mais, sur le plan international, j'incarne plus le nucléaire français et cette ligne que tes chers camarades. Nous allons perdre collectivement dans cette affaire. »

De la main, il chasse cette phrase comme s'il chassait une mouche inopportune.

« On ne va pas parler de ça durant cent sept ans. Ce qui est fait est fait. Maintenant, il faut penser à l'avenir. Il y a une vie après ces mandats. Moi-même, je vais me l'appliquer. Après, je ferai autre chose.

– Tu as raison. J'ai de la chance d'avoir une problématique de troisième mandat. Pour l'avoir, il faut déjà avoir eu un deuxième mandat.

– Ah, alors ça, c'est vache ! »

Cette fois, c'est lui qui est dans les cordes.

« Bon. Moi je veux faire les choses bien. Tu as un contrat. Tu as droit à deux ans, c'est ça ? Qui est-ce qui s'occupe de cette affaire pour toi ?

– Cette « affaire », comme tu dis, est suivie par le directeur de cabinet de François Fillon.

– Le directeur de cabinet de François Fillon ? Oh ! Anne, mais non, mais non. Il est bien. Mais entre nous, c'est pas ça du tout. Non, Jean Castex va s'en occuper. On est lundi, moi je te propose… Tu as un avocat ? Qui est ton avocat ? Bon. Ils se mettent en contact, ils s'en occupent tous les deux et on se revoit mercredi de la semaine prochaine s'il y a le moindre problème. On se débrouille tous les deux. On fera cela bien. Bien. Mais tu sais, je vais te dire une chose : il n'y a qu'une Anne Lauvergeon.

– Je te remercie. Lauvergeon est un nom en voie de disparition, nous ne sommes qu'une petite centaine. Mon arrière-arrière-grand-mère s'appelait Anne. En effet, le nom est rare.

– Non, ce n'est pas ce que je veux dire, reprend Nicolas Sarkozy. Je parle de ce que tu es, de ce que tu représentes. Ce que tu fais, ce que tu vas faire. À ce propos, je crois que nous avons un très bon ami commun ? »

Honnêtement, j'ai un moment de flottement. Je ne vois pas du tout à qui il fait allusion.

« Oui, un très grand ami commun : Jean-Cyril Spinetta. Tu sais qu'Air France est bientôt libre ? Alors voilà : moi, j'ai pensé à toi.

– Pour Air France ?

– Pour Air France, oui. C'est un boulot qui va t'aller comme un gant.

– Attends, Nicolas, il y a quelque chose qui m'échappe complètement : tu considères que je ne suis pas capable de faire un troisième mandat à la tête d'une entreprise dans un secteur que je connais parfaitement, sur lequel je pense avoir une vraie légitimité, et tu me proposes, là, maintenant, de devenir présidente d'une entreprise que je ne connais pas, dans un secteur que je ne connais pas et tu me dis que je vais être très bonne ?

– Mais, Anne, enfin ! Il faut savoir se renouveler dans la vie. Tu es jeune, tu changes, tu fais autre chose. C'est formidable !

– Nicolas, il y a un autre "petit problème" : Jean-Cyril Spinetta, en effet, je le connais bien ; il m'a parlé d'Air France et il m'a dit deux choses : la première est qu'il y a un de tes très grands amis qui convoite ce poste, Alexandre de Juniac.

– Anne, tu dois savoir qu'Alexandre est un ami mais qu'il n'a pas le niveau, il ne sera jamais président d'Air France. Franchement, il faut être sérieux. »

Quelques mois plus tard, le même Alexandre de Juniac, ancien directeur de cabinet du ministre des Finances, sera bien nommé à la tête d'Air France.

« Nicolas, je ne comprends pas ta logique. Je considère que les entreprises sont des sujets sérieux. Qu'il faut à leur tête des personnes capables, qui connaissent les domaines dont ils vont s'occuper. Rien à voir avec un jeu de chaises musicales. Je connais l'énergie. Le transport aérien est, aujourd'hui, en pleine révolution. Je pense qu'il est préférable de nommer un spécialiste du transport aérien. Et puis, il y a un second problème évoqué par Jean-Cyril Spinetta : l'État est présent dans l'entreprise à hauteur seulement de 17 % du capital. Ce n'est pas toi qui nommes le patron d'Air France.

– Allons, allons, mais bien sûr que si. Tu sais bien comment cela se passe. »

L'entretien s'achève. Il aura duré une heure. Bien entendu, je reprends le chemin qui m'est dévolu afin d'éviter de traverser la cour et de rencontrer les journalistes. Ce que je ne sais pas, c'est que, désormais, il y a des téléobjectifs assez puissants pour prendre les visiteurs à l'intérieur même de l'Élysée. En descendant l'escalier, je passe devant les grandes baies vitrées et je suis photographiée depuis la rue de l'Élysée, hilare. Je suis tellement contente de lui avoir dit ce que j'ai sur le cœur ! C'est ainsi que j'apparais le lendemain matin dans la presse.

Je découvre ces photos quand mon portable sonne. C'est le président de la République. Il vocifère, il éructe qu'il a vu un article de journal parlant de notre rencontre. On ne pouvait rien me dire, on ne pouvait pas me faire confiance !

Je prends la chose très mal. Je n'avais vu ni parlé à aucun journaliste. C'est un prétexte évident. Je lui réponds que cette invective n'a aucun sens. J'ai suffisamment supporté et c'est la dernière fois qu'il me parle sur ce ton.

L'après-midi même, sur son site Internet, *Le Monde* annonce que je quitte Areva en renonçant à mes indemnités de départ. Intox.

Je n'entends plus parler de Nicolas Sarkozy. Jean Castex refuse tout contact avec mon avocat.

« Être une femme vous a-t-il nui », « Y a-t-il une autre façon de diriger une entreprise quand on est une femme ? », « Comment faire bouger les choses pour les femmes ? » Ces questions je les ai entendues mille fois. Être une femme à la tête d'une grande entreprise est rare. Très rare. Yvette Chassagne a ouvert le ban en France dans les années 1980 à la tête de l'UAP[1]. Je l'ai fermé (provisoirement).

Les hommes et les femmes disposent des mêmes droits en France. Voilà pour la théorie. En pratique, la société continue de les traiter différemment. C'est particulièrement vrai dans les entreprises. Vrai en termes de responsabilités car, si les femmes représentent 46 % de la population active, elles sont seulement 7 % des membres des comités exécutifs des grands groupes. Vrai également en termes de niveau de salaires puisque, à poste égal et expérience équivalente, elles gagnent 10 % de moins que leurs homologues masculins.

Et, pourtant, quelle erreur pour une entreprise de ne pas refléter à tous les niveaux la société dans laquelle elle évolue ! Contrairement aux idées reçues, il ne s'agit pas seulement là d'une question morale mais de l'intérêt économique bien compris. Prenons l'exemple de Renault : autrefois, il était communément admis que les hommes achetant les voitures il était tout naturel qu'ils les conçoivent. Carlos Ghosn aime à dire que cette époque est révolue et que, désormais, les femmes sont autant prescriptrices en termes d'achat que les hommes, et qu'il a donc fallu les intégrer dans les ateliers de conception. Chez Areva, le nucléaire – monde d'hommes – a été expliqué par des hommes pour des hommes. Or, toutes les études d'opinion soulignent que ce sont les femmes qui éprouvent le plus de réticence à l'égard de cette énergie.

1. Union des assurances de Paris.

La mixité n'est pas une idée meringuée pour esprits en mal de politiquement correct, c'est un moteur de performance et d'innovations, et un facteur de croissance. Pour la mettre en œuvre, il faut donc adopter une politique forte.

Le premier axe est le recrutement et la promotion des femmes avec un leitmotiv : à compétences égales, on choisit une femme, quel que soit le niveau de postes et ce, jusqu'à parvenir à un meilleur équilibre. En pratique, aucun homme ne s'est jamais plaint chez Areva de cette politique. Elle a été soutenue par les syndicats. Le seul « couac » a eu lieu en marge d'un Women's forum dont je suis un des membres fondateurs. En effet, ma proposition a été tronquée, déformée, caricaturée et vilipendée sur le Net par la fachosphère.

Cette politique a eu des répercussions positives : l'entreprise a recruté 35 % de femmes ingénieurs. En 2004, 14 % des cadres étaient des femmes. Elles représentent aujourd'hui 21 % des effectifs. Plus de 9 000 salariés européens ont été sensibilisés aux enjeux de la mixité professionnelle. Un accord européen innovant a été signé avec les syndicats : l'ODEO[1]. Cet accord met en exergue le deuxième axe, celui de la promotion de l'égalité salariale et de l'égalité professionnelle : « À compétence égale, salaire égal. »

Le troisième axe se focalise sur l'équilibre entre la vie privée et la vie professionnelle de l'ensemble des salariés. Nous avons créé dix crèches en France.

1. Open Dialogue through Equal Opportunities Programme : programme européen d'échanges et de dialogue sur la diversité.

Je me suis assez battue sur ce sujet pour tenir à le mentionner dans ce livre.

Être une femme ne m'a pas desservie globalement, sauf peut-être en France. J'ai senti la montée des appétits dès lors qu'Areva est devenue un enjeu important. Et, avec eux, les remarques sexistes du genre : « Talons hauts et industrie ne font pas bon ménage » ou « Ce n'est pas vraiment une industrielle ». Quand je reçois des prix : Manager de l'année du *Nouvel Économiste*, de BFM TV, du *Figaro*..., c'est, disent certains, pour mon look. Et pourtant, Areva, malgré son augmentation de capital insuffisante, malgré l'amputation de T&D, malgré Fukushima résiste et résistera. Devenue numéro un du nucléaire mondial, grâce à son modèle intégré, elle incarne le pari de la sûreté dans un monde exigeant. En cinq ans, son carnet de commandes a été multiplié par 2,4 et son chiffre d'affaires a augmenté de 30 %. La rentabilité a cependant été entamée par les provisions sur le chantier OL3 en Finlande comme je l'ai expliqué.

Nous avons aussi investi, en dépit d'une opposition constante des dirigeants français au premier rang desquels... Claude Guéant, dans les énergies renouvelables (éoliennes offshore et solaire thermique). Nos investissements sont extrêmement prometteurs et créateurs de valeur.

L'action Areva valait 14 € à la création du groupe. Dix ans plus tard, elle cote 19 € à mon départ en juin 2011, alors que les valeurs CAC ont enregistré durant la même période une baisse de 15 %. Nous avons créé 20 000 emplois et développé de formidables bases industrielles françaises. Entre la montée en production de l'usine de Georges-Besse II et le développement des activités minières, la rentabilité d'Areva va connaître de puissants moteurs.

Mais mon départ ne leur suffit pas. C'est un véritable guet-apens qui m'attend. Le 13 décembre 2011, le nouveau directoire d'Areva annonce une forte dépréciation sur l'acquisition d'UraMin : 1,5 milliard d'euros. L'acquisition de cette société a été faite en juin 2007, juste avant le démarrage de la crise des *subprimes* et la forte baisse consécutive des matières premières. Nul doute que, si on l'avait su, on aurait attendu ! Toutes les acquisitions faites au premier trimestre 2007 se sont révélées, bien évidemment, trop cher payées dans le monde d'après la crise.

Le piège est à multiples ressorts. Premier ressort : peu de gens savent qu'une dépréciation d'actif est une opération comptable réversible sans perte d'argent. Deuxième ressort : on fait croire que la dépréciation vient principalement d'une absence d'uranium, alors même que la plus grande partie de la dépréciation vient des conséquences de Fukushima sur le prix de l'uranium et sur le plan de l'activité minière. Troisième ressort : on demande une commission d'enquête du conseil de surveillance à partir de documents enfermés dans une pièce dont on ne m'autorise pas l'accès. Quatrième ressort : on fait sortir des documents biaisés dans la presse, les uns après les autres.

Comment faire face à des attaques sur des documents datant de plus de cinq ans ? Je vais être sauvée par des gens formidables d'Areva. Grâce à eux, aux courriers, aux rapports qu'ils me donnent, je vais pouvoir fournir les éléments de réponse et faire pièce au procès stalinien qui m'est fait. Je ne les remercierai jamais assez. Par ailleurs, la machine s'enraye. Certains administrateurs indépendants ne se laissent pas dicter les conclusions. Les valeurs d'Areva ont résisté.

Pourquoi un tel acharnement après coup ? C'est la dure loi du clan. Un système très classique. Ceux qui résistent doivent disparaître et, si possible, de manière spectaculaire pour que cela serve de leçon à ceux qui seraient tentés par la dissidence ou la résistance.

Je suis partie d'Areva le 30 juin 2011 sans faire d'éclat pour le bien d'Areva, de ses salariés et de ses clients.

Espionnée, attaquée par l'entreprise et le clan qui l'a rejointe, j'ai estimé, dix mois plus tard, que le silence ne pouvait être complice.

# 12

# L'État stratège

*Celui qui n'a pas d'objectifs ne risque pas de les atteindre.*

SUN TZU, *L'Art de la guerre.*

Oui, l'État en France a été un grand stratège. Oui, il a su, à partir des années Pompidou, lancer de très belles politiques industrielles qui se sont développées par-delà les alternances politiques. Six grands programmes industriels sont lancés à partir des années 1960-1970, à savoir le spatial, les télécoms, le TGV, le nucléaire, l'aéronautique et le plan calcul[1]. Cinq d'entre eux sont des succès évidents qui ont permis la constitution et le développement de grandes entreprises françaises : France Télécom, Alcatel, EADS, Alstom. Des centaines de milliers d'emplois ont été créés. La contribution au commerce extérieur français reste substantielle.

1. Il faut rendre hommage là-dessus à Bernard Esambert, conseiller du président Georges Pompidou.

Le seul raté reste le plan calcul. Quinze pour cent d'échec lorsque l'on prend le risque de se projeter dans l'avenir, ce n'est pas si mal. La France excelle dans les domaines qui demandent rationalité et sens de l'honneur. Nous eûmes rapidement, par la commande publique, des infrastructures remarquables, des groupes qui se sont rapidement internationalisés.

Mais allons plus loin.

Ce qui me frappe tout d'abord dans ces stratégies adoptées, c'est la volonté politique affichée sans complexe. Ce sont ensuite les moyens mis en œuvre. C'est, enfin, le souci de ne pas caler aux premières difficultés rencontrées.

Prenons, par exemple, le domaine spatial. Les obstacles se sont accumulés dès le début. Américains et Soviétiques faisaient la course en tête. Était-ce bien réaliste de les suivre ? Les premiers essais ont été des échecs cuisants, qui aujourd'hui seraient rédhibitoires. Pas à l'époque. Cette ténacité a fini par payer.

C'est cet état d'esprit qui est absolument nécessaire. Vous ne réussissez pas toujours du premier coup. Dans l'industrie comme ailleurs, les débuts sont rarement faciles. Je crains que nous n'ayons, contrairement à d'autres pays, quelque peu perdu le sens des défis. Et que la peur de l'échec, du ridicule, ne soit passée aujourd'hui au premier plan des préoccupations.

La Chine n'est pas seulement un immense marché. Cette vision caricaturale entretenue par quelques essayistes plus proches de Pierre Loti que de Tocqueville a provoqué bien des déboires. La

Chine est, avant tout, dotée d'un État stratège qui développe et soutient des politiques industrielles déterminées. Beaucoup se sont gaussés en France et en Europe des premiers essais malheureux du train à grande vitesse chinois qui, au passage, s'inspirait, par certains côtés, d'autres trains à grande vitesse. Le fait est qu'il y a eu un problème technique au démarrage. Rira bien qui rira le dernier, ce problème identifié va être, tôt ou tard, résolu.

Arrêtons de penser, quand on rencontre une difficulté quelque part, que l'on se couvre de ridicule. Arrêtons de baisser les bras. L'industrie est faite de difficultés surmontées.

Les vents contraires ont commencé de souffler en France au début des années 1990. Le premier gonflait une mode croissante pour les services, un secteur considéré comme beaucoup plus noble que celui de l'industrie. Pourquoi continuer à produire, quand d'autres peuvent le faire pour vous ? L'industrie était une commodité dont une société avancée pouvait bien se passer.

Notre société devait devenir post-industrielle et, donc, post-moderne (une autre tarte à la crème). Laissons aux pays émergents et semi-développés ces activités indignes de notre niveau de développement. Nous allons être les cerveaux. Ils seront les mains et les outils. C'était oublier que, lorsque l'on produit, on finit également par concevoir. Et, inversement, lorsque l'on ne produit pas, on perd du savoir-faire pour concevoir des produits. C'était aussi faire bien peu de cas des millions d'emplois concernés.

Le deuxième vent soufflait la vague croissante de l'écologie. Cette préoccupation nécessaire alla nourrir le mouvement décrit plus haut. Faites-moi disparaître ces usines que je ne veux plus voir. Pourquoi considérer comme une richesse ce qui est potentiellement polluant ? Et on oubliait au passage que les contraintes environnementales étaient bien plus fortes en Europe occidentale et qu'il vaudrait mieux pour l'environnement de la planète que ces activités restent dans nos pays.

Un troisième tourbillon nous a aussi rattrapés, le grand vent libéral qui a fait tourner les moulins idéologiques. Nous avons eu droit aux tribunes dans la presse sur le thème : à quoi servent ces grands programmes, finalement ? L'entreprise privée se suffit à elle-même : l'État n'a rien à faire dans ces domaines, il est préférable qu'il disparaisse des entreprises avec les privatisations.

Nicolas Sarkozy est élu en voulant incarner un nouveau volontarisme industriel. Quelques médias ont complaisamment fait sonner les trompettes du pompidolisme. Las ! Son bilan est mince comme une feuille d'argent. Alors que nos sociétés et nos économies traversent une crise sans précédent et que tout le monde, y compris les contempteurs d'hier, se tourne vers les États en leur demandant d'intervenir financièrement après les avoir désarmés, il est temps de se reposer la question de cet État stratège.

Cet État n'a pas vocation à faire cavalier seul aujourd'hui. L'aventure industrielle Airbus s'est enracinée dans quatre pays européens. Et on sent bien qu'il y a beaucoup de domaines aujourd'hui qui ne peuvent plus rester uniquement à l'échelle française, qui n'ont de sens qu'à l'échelle européenne. Or, on peut quand même s'interroger aujourd'hui : où sont les grands projets européens ? Je ne crois pas que les cures d'austérité soient synonymes de projet. Nous savions bien pourtant que la création de l'euro n'était qu'une étape. Plutôt que l'élargissement, l'Europe avait besoin d'approfondissement. Une Europe industrielle à 27 a cela dit bien peu de chances d'émerger. Trop lourd, trop long, trop compliqué, trop idéologique. La seule expression « politique industrielle » reste difficile à prononcer dans certaines langues. Alors, faisons preuve de pragmatisme. Trouvons des projets pratiques, entre quelques pays, leurs gouvernements et leurs industriels, comme il avait été fait avec EADS (quatre pays depuis trente ans) ou l'EPR (la France et l'Allemagne, pendant dix-huit ans).

C'est tout sauf facile. C'est souvent matière à opportunités. Je voudrais illustrer le propos par un exemple concret. Dans le sauvetage d'Alstom, il est clair, à partir de l'hiver 2003-2004, que le premier plan est insuffisant. L'entreprise n'a pas les moyens de son redécollage. L'État français a pourtant fait ce qu'il pouvait.

Francis Mer m'appelle un vendredi soir du mois de février 2004. Nous sommes en vacances en famille, circulant sur une petite route de La Réunion. La communication n'est pas bonne. Je descends de la voiture et commence la conversation en marchant de long en large au bord de la route.

« La situation d'Alstom est grave. Cette information est bien sûr confidentielle. Je vous fais confiance.

– Bien sûr, vous pouvez compter sur moi.

– Eh bien, justement, j'ai besoin de votre aide…

– Mais…

– Non, non, je vous rassure. Ce n'est pas Areva que je sollicite, mais Anne Lauvergeon. [Intense soulagement.]

– J'ai bien réfléchi. Je ne vois qu'une solution. Il faut trouver un accord avec Siemens. Alstom et Siemens sont concurrents alors qu'ils pourraient être complémentaires. Pourquoi ne pas faire une entreprise franco-allemande ?

– En avez-vous discuté avec Siemens ?

– C'est pour cela que je vous appelle. J'aimerais que vous alliez discuter du sujet avec le président [du directoire] de Siemens, Heinrich von Pierer.

– Mais pourquoi moi ? Patrick Kron [président d'Alstom] me paraît tout indiqué.

– Anne, vous savez bien qu'il a des rapports très difficiles avec les Allemands en général et avec Siemens en particulier. Vous, en revanche… »

Mon mari patiente derrière son volant. Ma fille Agathe me regarde par la fenêtre, un peu inquiète. Mon fils Armand, âgé de six mois, dort heureusement dans son siège.

La nuit tombe.

Je me risque :

« Mais vous ? Excusez-moi de vous poser cette question. Mais ce serait peut-être plus légitime si cela venait de vous…

– C'est un peu compliqué de vous donner les raisons, mais, croyez-le, elles sont bonnes. Allez voir von Pierer et regardez ce que l'on peut faire avancer avec eux.

– D'accord. Le hasard fait bien les choses, j'ai un dîner prévu en Bavière mardi prochain. Heinrich von Pierer sera présent. Je vais lui demander un rendez-vous, avant ou après le dîner.

– Parfait ! Merci. Appelez-moi dès que vous en saurez plus. »

Je remonte en voiture, un peu sonnée.

Le mardi suivant, nous sommes dans une auberge bavaroise du XVII^e siècle près de Munich. La fine fleur du monde des électriciens allemands est là, comme chaque année. Heinrich von Pierer est, comme toujours, affable et ouvert. Nous nous parlons brièvement à table. Il me reçoit cinq sur cinq. Le lendemain matin, nous continuons avec une vraie séance de travail. Un schéma possible apparaît : pourquoi ne pas utiliser cette crise pour faire émerger deux grands champions mondiaux ?

Siemens est prêt à apporter ses activités de transport (dont le train à grande vitesse ICE, concurrent du TGV) sous contrôle français ; Siemens prendrait la majorité des activités énergie (turbines à gaz et charbon) en garantissant le maintien de toutes les activités françaises. Au final, on peut ainsi créer deux géants mondiaux, français dans les transports, allemand dans l'énergie, et une nouvelle alliance franco-allemande mettant fin à une concurrence entre nos champions nationaux historiques.

Bruxelles peut bien sûr trouver à y redire car cela supprime une concurrence intra-européenne. Mais l'occasion est historique : Mario Monti, le commissaire européen à la concurrence, préférera sans doute une alliance industrielle à la menace d'une nouvelle intervention de l'État français, si les banques continuent à faire la sourde oreille.

Francis Mer suit les progrès de la négociation. Il m'invite à déjeuner un mercredi, avec trois principaux membres de son cabinet. Ceux-ci ne croient pas qu'un accord soit possible. Francis Mer revient tardivement du Conseil des ministres. J'ai le temps de debriefer le *staff* du ministre. Ils sont atterrés pour la plupart. Bercy est sous l'influence des banques, et de la BNP en particulier, le plus gros créancier d'Alstom. Ils veulent une solution franco-française simple avec l'argent captif d'Areva. Les stratégies industrielles globales dans le TGV, les turbines et le nucléaire leur sont indifférents. Seul René Carron, président du Crédit Agricole, avec sa solidité visionnaire, plaidera pour ce schéma.

Francis Mer arrive. Je lui explique la solution proposée. Il est enthousiaste… Mais il sera remercié quelques jours plus tard afin de laisser la place à Nicolas Sarkozy. Ce dernier me reçoit rapidement. Il comprend l'opération d'ensemble, propose quelques changements pratiques. Puis… le silence. Je n'entendrai plus jamais parler du projet. Il est enterré. Les banques et Patrick Kron ont gagné… en apparence. Je tiendrai bon sur la non-implication d'Areva. Et les banques, victimes de leur refus, devront accepter une nouvelle restructuration de la dette.

Mais quelle occasion manquée ! Aujourd'hui, Siemens pèse financièrement sept fois plus qu'Alstom pour un chiffre d'affaires trois fois et demie plus élevé. Les Japonais dans ce domaine sont plus pragmatiques : confrontés aux mêmes problèmes, Mitsubishi et Hitachi viennent d'annoncer leur rapprochement dans l'énergie.

Ce fut sans doute la dernière fois où un ministre eut pour ambition de défendre une vision stratégique audacieuse. En perdant sur ce terrain, nous avons perdu le sens de ce qui est le temps, de ce qui est l'effort, de ce que sont les obstacles à surmonter. Rien n'est donné, rien n'est jamais facile. Donc, donnons-nous des buts et essayons de construire. En tout cas, les autres construisent. Tous les grands ensembles économiques ont de vraies politiques industrielles.

Mais l'État stratège est aussi un État régulateur. Les dérégulations sauvages que nous avons connues ces quinze dernières années sur les marchés financiers, organisés, sont des cas d'école.

Ce qui s'est passé aux États-Unis et qui a conduit à la crise des *subprimes* est le fruit d'une dérégulation continue et anarchique, voulue, poussée, orchestrée par Wall Street. Quand j'emploie le terme « orchestrée », je ne suis pas atteinte du syndrome *X-Files*, je veux juste pointer que ceux qui travaillaient dans les administrations Clinton et Bush, et qui avaient fait de la dérégulation leur dogme, se sont « recasés » avec des packages extraordinaires dans le secteur financier.

Cette dérégulation frénétique a conduit à prêter de l'argent en immense quantité à des personnes qui étaient bien incapables de les rembourser. Une minorité de privilégiés se sont énormément enrichis grâce à ces prêts. Le reste du monde s'est appauvri. Le chômage a explosé. La crise s'est exportée.

Le fait que l'État soit capable de donner des règles du jeu et s'y tienne ne doit pas faire ricaner ceux que Bernanos appelait les « petits mufles réalistes », tous ceux qui sont revenus de tout, sans être allés nulle part.

Oui, l'État, les États demeurent, qu'on s'en félicite ou qu'on le regrette, les seuls agents capables de siffler un jour la fin de la récréation. Nous ne pouvons bien sûr pas tout faire au niveau français, comme feignait de le croire dernièrement Nicolas Sarkozy en lançant l'ersatz d'une taxe Tobin qui s'arrêterait aux frontières de l'Hexagone.

Il faut des États forts, capables de négocier et de s'entendre au niveau européen et international, par exemple dans le cadre d'un G8 élargi aux grands pays émergents. Les États doivent être compétents. Et là, on touche à un point délicat. La problématique de la compétence des régulateurs est un énorme sujet. Si le régulateur ne comprend pas toute la complexité de l'objet qu'il est censé réguler, comment peut-il parvenir à ses fins ? Or, être capable de réguler des marchés financiers suppose, aujourd'hui, une compétence technique extraordinaire et très évolutive.

Au début des années 2000, j'ai vu des jeunes hommes et femmes très brillants, des mathématiciens, des polytechniciens, des normaliens – pas toujours tous très connectés à la vie quotidienne – entrer en masse chez Goldman Sachs ou Lehman Brothers, avec des salaires impressionnants. Je leur demandais : « Qu'allez-vous faire exactement ?

– Moi ? Je vais créer de nouveaux produits », répondaient-ils invariablement, avant de partir dans des considérations mathématiques fort complexes, que j'avais du mal à suivre. On connaît la suite. On peut d'ailleurs se demander si, au sein de ces grandes banques, il y a encore des gens capables de les contrôler au premier degré. C'est-à-dire des gens capables d'anticiper les conséquences ultimes des produits financiers en cours d'élaboration. Et, dans ce cas, de faire valoir leur point de vue sur le risque par rapport à la rentabilité annoncée. Et ce, dans un marché extrêmement concurrentiel. Le passé récent a montré que non. Est-ce qu'un régulateur est aussi capable de décortiquer les produits qu'ils inventent et de dire si ces apprentis sorciers sont dangereux ou pas ? Nous avons quitté là les rivages de l'économie. Nous naviguons aux instruments dans des espaces mathématiques extraordinairement complexes, dont nous ne maîtrisons pas totalement le domaine de définition ni leur degré de robustesse face à des situations hors limites, dans des arbitrages qui doivent être donnés à la nanoseconde.

Et l'on voudrait nous faire croire que le système est sous contrôle. Soyons sérieux. Pour ces forts en thème hypercréatifs et vivant partiellement dans une autre réalité, la régulation internationale n'est pas non plus leur problème. Beaucoup s'en moquent comme de leur première division euclidienne.

Le film documentaire *Inside Job* de Charles H. Ferguson, (oscar du meilleur documentaire 2011) montre qu'à la hauteur toujours croissante de la spéculation correspond ensuite une crise, toujours plus grave et plus profonde. Nous sommes ballottés par des vagues dont l'ampleur grandit au fur et à mesure que le temps passe. Les deux dernières – la crise des *subprimes* et les spéculations sur l'euro – ont atteint des hauteurs vertigineuses, sans précédent aucun. Quelle sera la hauteur du prochain tsunami financier ?

Il y a urgence à juguler cette situation. Le rythme de ces crises s'accélère. Peut-être pourrions-nous nous appuyer sur des « repentis ». J'en ai rencontré qui, ayant pris conscience que nous courons à la catastrophe, sont prêts à aider à comprendre et à aider à faire. Sinon, je pense que l'on n'y arrivera jamais. La rémunération des *traders* a choqué le public, à bon droit. Ce n'est qu'un des aspects d'un problème beaucoup plus vaste.

Les conséquences de ces dérives sont de plus en plus graves. Elles ont fini par user le tissu social des nations ; on en voit désormais presque apparaître la trame. Pour peu que l'on ajoute à ces traumatismes un discours politique fondé sur les divisions, les exclusions et les anathèmes, tout peut se déchirer.

La régulation des marchés financiers est un sujet fondamental, mais il y a eu d'autres dérégulations : celle des marchés de l'énergie, celle des télécoms… Nous sommes un peu les victimes d'un modèle unique. Au niveau européen, tous les raisonnements sur l'énergie sont des raisonnements calqués sur la situation des télécoms. Or, nous sommes dans des mondes extrêmement différents. Les télécoms, c'était une croissance très forte : 20 à 30 % par an il y a dix ans.

Les investissements sont certes lourds, mais ils n'ont rien à voir avec la taille des investissements dans l'énergie. Organiser la concurrence ne revient pas au même ! L'État doit dégager une régulation intelligente dans chacun des secteurs, une régulation qui soit capable d'organiser la concurrence pour le consommateur, mais qui puisse en même temps renforcer et non affaiblir les acteurs industriels. La direction générale de la concurrence a pris beaucoup de poids en Europe, écrasant les autres directions générales sectorielles. La confrontation de différentes logiques n'a pas eu vraiment lieu.

On le voit, le métier de régulateur et la régulation sont des problématiques extrêmement importantes pour notre avenir collectif. Pas seulement dans le domaine économique. Qui peut nier que nous avons manqué cruellement ces cinq dernières années de régulation politique (absence de corps intermédiaires) et de régulation sociale (absence de dialogue fort et constructif avec les syndicats) ?

L'État stratège est aussi en France un État actionnaire. Un État seul actionnaire d'une entreprise publique ou actionnaire de référence ou, même, actionnaire majoritaire. Si j'en juge par les multiples volte-face sur Areva, on aurait pu rêver dans ce domaine d'un État stratège plus constant.

Si l'État est actionnaire, je pense que c'est, d'abord, pour défendre les entreprises qui ont des missions de service public.

Quand il n'y a pas de mission de service public comme chez Areva, c'est pour défendre une vision du long terme, un cap avec une feuille de route (la sécurité, la sûreté…).

Or, en moins de dix ans, pour ne parler que d'Areva, nous avons constaté du pilotage à vue, des revirements, du cabotage, comme si l'État n'avait pour seul objectif que de faire passer par-dessus le bastingage économique les dirigeants de l'entreprise, les salariés et les clients.

Quand je parle d'un État plus constant, je ne parle pas d'un État immobile, accroché à son antique certitude comme une moule à son rocher. Un État stratège doit aussi savoir changer, bouger, évoluer. La guerre de mouvement est au cœur de la stratégie, on le sait grâce à Sun Tzu depuis le VIe siècle avant notre ère.

Je cite souvent un mouvement stratégique entrepris en 1973 et que je trouve incroyable de courage. La France avait démarré une première génération de centrales nucléaires avec une technologie graphite-gaz *made in* France, inventée par le CEA. Au début des années 1970, une deuxième génération de réacteurs arrive des États-Unis. Ils utilisent une technologie dite « à eau pressurisée », meilleure et plus facile à mettre en œuvre. Ils sont plus gros et proposent un meilleur rendement. En Europe, deux pays construisent alors des centrales nucléaires : la Grande-Bretagne et la France. Vous pensez, cher lecteur, que les Britanniques vont dire « oui » aux réacteurs américains et que les Français vont dire « non ».

Eh bien, c'est le contraire qui est arrivé : la France a adopté la technologie américaine en la francisant. Peu de gens savent que Framatome signifiait Franco-américaine de l'atome. C'est le démarrage du transfert de technologie. Framatome s'approprie la technologie américaine avec les succès que nous avons engrangés derrière. Un État stratège est un État capable par moments de faire des mouvements de rupture tout en étant capable d'opérer dans la continuité et dans le temps long.

La Grande-Bretagne restera quinze ans de plus fidèle à sa première génération, prenant un retard qu'elle ne rattrapera jamais dans les réacteurs.

L'État actionnaire est représenté dans les conseils d'administration par des hauts fonctionnaires désignés suivant les étapes de leur carrière, les amitiés ou l'air du temps. Au conseil de surveillance d'Areva, vous avez, par exemple, le secrétaire général du Quai d'Orsay, le commissaire aux participations, le directeur général de l'énergie et du climat, des représentants du CEA… La diversité des approches est certainement une bonne chose, mais vous n'avez pas de creuset au sein de l'État où s'élabore une pensée commune. L'État ne peut pas mettre sur pied une stratégie approfondie lors des réunions interministérielles. De plus, elles se sont faites rares, très rares, dans le style de management de Nicolas Sarkozy. Tout se décide à l'Élysée. On y écoute plus certains visiteurs que les différents départements ministériels. Beaucoup de hauts fonctionnaires se sont mis en roue libre, habitués à des changements à vue et à des décisions non réellement expertisées.

Cette impulsion du sommet est bien sûr nécessaire. Mais elle ne peut faire l'impasse sur l'analyse contradictoire menée au niveau du Premier ministre.

Elle ne peut pas non plus suivre les seules demandes dans le domaine industriel de quelques *tycoons* proches de Nicolas Sarkozy.

Vous ne concevez pas de projet industriel dans une réunion qui dure une heure. Enfin, pour habiller l'ensemble et se donner bonne conscience, on demande des rapports à des personnalités. Rapports qui subiront la plupart du temps un classement… vertical s'ils ne préconisent pas ce qui est attendu. Ou bien une classification « secret » s'ils sont trop explicites, comme l'a été le rapport de la commission Roussely sur l'orientation du nucléaire en France.

Cette commission était composée de personnes ayant travaillé ou étant encore en activité chez EDF ou chez Veolia, ou ayant des contrats avec ces deux entreprises. Dans la partie publique du rapport (je n'ai jamais vu l'autre partie malgré mes fonctions et une habilitation « secret défense » !), l'international n'était abordé que pour réserver la première place à EDF.

Ne vaut-il pas mieux essayer d'appréhender la stratégie des Chinois, la méthode des Japonais, la force des Américains, le jeu de pouvoirs des Russes ?… J'ai même parfois un peu honte quand j'entends de hauts dirigeants disserter sur tous ces sujets, sur tel ou tel pays, avec la finesse d'approche du Sapeur Camember.

Rappel : une stratégie se décline aussi en fonction des autres acteurs. Nous ne sommes pas seuls au monde. Évidemment, prendre en compte les facteurs internationaux oblige à un énorme travail, à une remise en cause permanente de nos savoirs. Ce qui est vrai au jour J est peut-être un peu différent trois mois après. Nous sommes obligés d'intégrer dans notre vision l'ensemble du damier et pas seulement la pièce que nous avançons.

Cet État stratège nous conduit également à l'État VRP, un État qui soutient les grands contrats, les acquisitions majeures, ce qui a pour conséquence le maintien ou la création de milliers d'emplois. Cette fonction est essentielle. Tout le monde le fait avec plus ou moins de succès.

Pour autant, on ne s'improvise pas État VRP. Il faut savoir préparer soigneusement son dossier, y mettre les formes et savoir aussi ce que l'on vend. On ne vend pas, par exemple, du nucléaire comme des produits de beauté. Ces cinq dernières années, j'ai vu, à plusieurs reprises, Nicolas Sarkozy vouloir vendre du nucléaire, y compris à des pays dont on ne pensait pas chez Areva qu'ils puissent être prêts à en développer sans problème.

La France et la Libye de Mouammar Kadhafi ont ainsi signé à l'été 2007 un accord de coopération nucléaire après la libération des infirmières bulgares. Tout de suite, les pressions de l'Élysée commencèrent pour vendre des centrales nucléaires au dictateur libyen. Était-ce raisonnable ? Non. Clairement non. Pourquoi ? Qui dit réacteur nucléaire dit autorité de sûreté nucléaire. Ce gendarme doit pouvoir, si la sûreté est en cause, ordonner l'arrêt de la centrale. Avec un dictateur tel que Kadhafi, on peut parier que le patron de l'autorité de sûreté, dans le meilleur des cas, part en prison. Dans le pire, on peut craindre qu'il ne soit exécuté. Ce n'est donc pas responsable de vendre une centrale dans de telles conditions. Le nucléaire, ce n'est pas anodin. On ne peut pas vendre n'importe quoi à n'importe qui.

Dans ce domaine, nous étions à front renversé. Normalement, c'est l'entreprise qui est mercantile et c'est l'État qui est raisonnable. Ce fut l'inverse. Claude Guéant, dans ses derniers jours en tant que secrétaire général de l'Élysée, chargea Henri Proglio de s'en occuper à l'été 2010. Imagine-t-on aujourd'hui où nous en serions si nous avions commencé à construire une centrale nucléaire en Libye ? Un scénario assez semblable était déjà arrivé avec la Tunisie. Il était question, cette fois, de vendre des réacteurs qui venaient de sous-marins nucléaires. Là aussi, j'ai refusé.

Un autre concept apparut, défendu par Claude Guéant, Henri Proglio, Hervé Machenaud, son numéro deux à EDF, et François Roussely : vendre des réacteurs bas de gamme. N'était-ce pas suffisant pour certains pays ? Du nucléaire moins cher et moins sûr ! Avant Fukushima, je trouvais ce concept extrêmement dangereux et je le trouve toujours extraordinairement dangereux. La sûreté nucléaire, cela ne se marchande pas. Et quels arguments affligeants : « On leur vend du nucléaire, vous ne voudriez pas en plus que ce soit du nucléaire aussi sophistiqué et sûr que chez nous ! Ils n'ont pas besoin de ce luxe de précautions qu'on nous impose en France. »

Ce « raisonnement » est assené par Henri Proglio et Hervé Machenaud devant une brochette de responsables du gouvernement réunis par Claude Guéant. La « démonstration » du nouveau management d'EDF était écoutée religieusement.

Et pourtant ! La sûreté nucléaire est la résultante de trois facteurs : le design de l'installation, l'organisation de l'opérateur et de l'autorité de sûreté et, enfin, la culture de la sécurité chez les hommes et les femmes qui y travaillent.

Dans un nouveau pays accédant au nucléaire, l'organisation et la culture sont forcément moins abouties que dans des pays ayant trente ou quarante ans d'expérience. Si, en plus, vous fournissez une centrale nucléaire bas de gamme, vous vous placez délibérément dans une situation dégradée. Drôle d'option stratégique pour une entreprise responsable !

Je savais qu'un certain nombre de directeurs éprouvaient un grand malaise. Mais comment s'opposer à Claude Guéant ?

Heureusement, j'avais l'appui du président de l'autorité de sûreté nucléaire française qui a dit très courageusement qu'il n'était pas question pour lui d'accepter des exportations de nouveaux réacteurs qui ne soient pas de la troisième génération (type EPR ou Atmea). Henri Proglio et ses amis du gouvernement ont eu après l'idée de changer le patron de l'autorité de sûreté nucléaire. Mais ils n'y sont pas parvenus. Dans leur précipitation, ils avaient oublié que l'autorité est un collège indépendant et que son responsable est nommé pour six ans.

Oui, une stratégie de long terme est essentielle à la bonne marche d'un monde qui se complexifie sans cesse.

Revenons à la Chine. Son système repose non pas sur un cerveau et des exécutants mais sur des décisions, qui sont disséquées, réfléchies, mûrement prises par des technocrates du bas en haut et du haut en bas de la pyramide. Des décisions prises de manière très large.

C'est le contraire de ce qui se passe dans le système de Nicolas Sarkozy qui a supprimé presque tous les étages intermédiaires, notamment l'étage ministériel. Il n'y a pratiquement plus de réunions interministérielles. Dans l'élaboration des décisions, il manque des tas de vérifications, d'analyses, de contre-expertises, de points de vue divers.

Les administrations sont bombardées de décisions non concertées et souvent non appliquées. L'État français se croit toujours maître des horloges et imagine que les autres nations marchent à son rythme. Mais non ! Il se passe des événements partout et à tout moment. Il faut de la réactivité, aller vite, très vite. On aurait pu penser que, dans le système Sarkozy, cette réactivité soit à l'honneur puisque tout se décide à l'Élysée. Beaucoup de beaux esprits glosent sur ce point, confondant réactivité et agitation, éveil et fébrilité. Ce jacobinisme élyséen, ce système centralisé à l'extrême, appelle des hommes ou des femmes d'exception et non des petits hommes gris. Comment Claude

Guéant peut-il opter pour des grands choix industriels alors même qu'il n'a aucune expérience dans ce domaine et qu'il doit aussi arbitrer quarante autres sujets plus directement liés au confort et à la félicité du Prince ?

Le pire arrive lorsque ces locataires de l'Élysée, qui ont réuni tout le pouvoir entre leurs mains, se laissent instrumentaliser par des intermédiaires en tout genre, comme on l'a vu précédemment. C'est ainsi que s'est imposée sous ce quinquennat l'idée que l'on ne devait exporter qu'avec quelques hommes de main. Leur petite entreprise n'a pas connu la crise.

Puisque j'emploie cette expression de « petite entreprise », attardons-nous sur les difficultés croissantes rencontrées par les PME et TPE et les conséquences macro-économiques pour notre pays.

Depuis une dizaine d'années, la France connaît, parmi les pays développés, une des plus fortes désindustrialisation.

L'industrie ne pèse plus que 16 % de la valeur marchande produite, contre 24 % en 2000, et le secteur a perdu 700 000 emplois. Nous sommes au niveau du Royaume-Uni, derrière l'Espagne (19 %), la Belgique (21 %) ou l'Allemagne (30 %).

Or, une solide base industrielle nationale nourrit les autres secteurs d'activité, tire les exportations (80 % d'échanges commerciaux), pousse l'innovation (plus de 8 % des dépenses de R&D [recherche et développement] des entreprises) et crée des emplois directs et indirects. Il faut produire pour exporter. Depuis 2004, après dix ans d'excédents, le déficit de la balance commerciale s'alourdit tous les ans : 159 milliards d'euros en 2011. La France voit ses parts de marché reculer partout dans le monde. Les grands groupes français s'en sortent plutôt bien (de Total à Michelin, en passant par EADS et Areva). Mais pas les PME.

Ce déclin n'a rien d'irréversible. Mais l'urgence est là. Notre pays est devenu lent dans un monde de plus en plus rapide et agile.

L'UIMM[1] a proposé récemment aux différents candidats un « pacte social pour une industrie compétitive ».

Je partage beaucoup des grandes orientations de ce document. L'industrie n'attire pas les jeunes, du fait d'un déficit d'image et d'attractivité, alors que dans le même temps le système éducatif laisse trop de personnes au bord du chemin. Pour y remédier, pour les professeurs, les conseillers d'orientation et les élèves, il faut des échanges réguliers et des visites réciproques ; le développement de l'alternance s'impose. De même, l'insertion de tous (jeunes, moins jeunes, seniors) par des parcours de rattrapage. C'est ce que fait le fonds A2i (Agir pour l'insertion dans l'industrie), doté de 70 millions d'euros, que je préside. Nous finançons des associations et des initiatives très variées.

Je voudrais seulement évoquer ici les écoles de production de la région Rhône-Alpes et de Lille. Des jeunes de quinze ans, en échec scolaire complet en fin de cinquième ou de quatrième, sont choisis

1. Union des industries et des métiers de la métallurgie.

non pas sur leur livret scolaire (et pour cause !) mais sur leur volonté. Pas d'atelier bidon, non, un vrai centre de production, pour de vrais clients. Un travail utile, qui les amène à retourner dans une salle de classe avec une finalité qu'ils et elles n'avaient jamais eue. À l'issue, 92 % des élèves trouvent un emploi. Extraordinaire, me direz-vous ? Oui. Mais si ces écoles sont gratuites, impossible pour les jeunes d'avoir des bourses. L'Éducation nationale ne veut pas encourager la démarche. Trop souvent, dans notre système, les jeunes et les seniors sont devenus la variable d'ajustement. On a ainsi créé plusieurs classes de salariés aux droits très différents.

En parallèle, le dialogue social est trop bridé par la prolifération législative et procédurale. La protection, oui, l'interventionnisme, non. Les mesures sociales doivent être le fait principalement de la négociation collective.

La compétitivité des PME, PMI et TPE a beaucoup souffert ces dix dernières années. Nous avions en 2000 un avantage de 16 % par rapport à l'Allemagne sur le coût du travail. Il a disparu. Si l'on veut redresser la barre, il va falloir maîtriser l'évolution des dépenses sociales, alléger les charges des entreprises et trouver un autre équilibre fiscal. Ce sera, je crois, un des grands thèmes des mois et des années à venir.

Enfin, au niveau européen, il nous faut sortir de l'inaction. Au moment de la création de l'OMC en 1994, la France s'est beaucoup battue pour l'introduction d'une clause sociale et d'une clause environnementale. J'y ai passé, avec d'autres, quelques nuits de négociations. Nous avons réussi. Et, pourtant, les deux sont restées lettre morte ou presque. Or, c'est une formidable arme pour rééquilibrer les échanges et favoriser des politiques sociales et environnementales dans les pays émergents. Pour les PME et PMI, le comportement des grandes entreprises est aussi déterminant.

Le principe de réciprocité a lui aussi un avenir prometteur. Il est temps que le grand marché européen se muscle et ouvre les yeux sur le monde tel qu'il est.

Je crois qu'il y a des solutions : la première est de faire en sorte que la grande entreprise soit plus solidaire à l'égard de ses fournisseurs, qu'elle ne les écrase pas, qu'elle les aide à grandir, à leur faire passer les caps difficiles. Chez Areva, nous avons commencé par donner un label fournisseur à des sociétés de tailles très variées. Ce n'est pas seulement un bout de papier. Areva est là pour les épauler lorsqu'un fournisseur rencontre un problème avec sa banque. Areva est là non pas pour faire les découverts bancaires, mais pour aller expliquer, négocier, utiliser la force d'une grande entreprise. Nous avons aussi créé des journées où nous partageons avec eux la stratégie du groupe. Avec les grands groupes, les petits fournisseurs sont souvent cantonnés dans l'ignorance : quel carnet de commandes à venir ? Que va-t-on faire ? Comment va-t-on le faire ? Comment peut-on le faire ? Quelle visibilité avons-nous ?

Deuxième point : essayer de ne pas les pressurer au-delà du raisonnable et les encourager à constituer des sortes d'agrégats entre elles, quand les entreprises sont trop petites pour que, effectivement, elles puissent avoir un dialogue plus serein face aux grandes entreprises.

Enfin, les petites et moyennes entreprises se heurtent à la complexité du système légal français : complexité du code du travail, complexité des lois qu'on empile… Dans une grande entreprise, vous vous en sortez à peu près parce que vous avez des tas de spécialistes du sujet. Dans les petites entreprises, comment voulez-vous agir en toute honnêteté ? Je connais quelques patrons de PME qui rencontrent des difficultés uniquement parce que l'amoncellement des réglementations et procédures mobilise toute leur énergie, au détriment de leur activité, simplement parce qu'ils essaient de ne pas enfreindre les nombreuses obligations.

Si j'avais une proposition simple à faire, ce serait que, dans les cinq ans qui viennent, on arrête les lois de circonstance : plus de lois « faits divers ». Terminé ! On se l'interdit. Puis, que l'on s'attache à faire le moins de lois possibles. Et que les députés et sénateurs simplifient celles existantes. Et simplifier ne veut pas dire supprimer. Simplifier ! On est dans un maquis absolument incroyable : 12 000 lois – et combien de décrets ? Il nous faut revenir à la simplicité cartésienne. Nous qui aimons les jardins à la française, nous avons un beau travail horticole devant nous.

Nous n'avons pas eu ces dernières années d'ébauche de politique industrielle. Nous avons eu l'impression dernièrement dans la campagne électorale pour la présidentielle de 2012, et c'est une chose que je trouve très inquiétante, que la politique industrielle se résumait à sauver des sociétés dans des situations désespérées, ayant eu dans leurs malheurs la chance de devenir des cas médiatiques, en leur trouvant des repreneurs, le plus souvent proches du chef de l'État. Il nous faut d'autres ambitions. Je suis intimement convaincue que sans avenir industriel, nous n'avons pas d'avenir du tout. Nous récoltons les fruits amers de cette idée folle qui voulait nous conduire vers une société de services. C'était tellement plus propre.

Prenons l'exemple du nucléaire. Ce n'est pas vraiment le moment d'aller brader nos droits de propriété intellectuelle à tel ou tel pays comme certains s'y préparent activement. Nous possédons un patrimoine technologique, nous devons apprendre à le développer, à avoir une génération d'avance. Être bon, c'est croire en nous-mêmes, c'est investir, c'est choisir, et c'est là que nous revenons à l'État stratège. Nous sommes en compétition avec des États et des personnes extrêmement intelligents qui, en plus, ont maintenant beaucoup d'argent alors que nous n'en avons plus beaucoup. Aussi avons-nous le devoir d'être deux fois plus malins.

Je reviens au slogan qui a énormément plu autrefois aux Français : « En France, on n'a pas de pétrole, mais on a des idées. » Pourquoi cette phrase a-t-elle marqué les esprits ? Parce que, dans un pays sans ressources naturelles, nous voulions retrousser nos manches et nous en sortir. Je crois que nous sommes revenus à ce constat après avoir écouté les chants de toutes les trompeuses sirènes. À nous de le reformuler pour nous mobiliser une nouvelle fois. Encore une fois.

On jugera, peut-être, que je pèche par l'optimisme de la volonté. Je ne le crois pas. À la fin d'*Électre*, la pièce magnifique de Jean Giraudoux, une des protagonistes qui a assisté à la destruction et au chaos interroge un mendiant, qui est peut-être un dieu caché, sur l'impression étrange qu'elle éprouve, cette promesse d'une lumière :

« Comment cela s'appelle-t-il quand le jour se lève, comme aujourd'hui, et que tout est gâché, que tout est saccagé, et que l'air pourtant se respire, et qu'on a tout perdu [...] ?

– Cela a un très beau nom [...], lui répond celui-ci. Cela s'appelle l'aurore. »

# Table